BASTEI
LÜBBE

BASTEI LÜBBE JOHN SAUL IM TASCHENBUCH-PROGRAMM:

DIE BLACKSTONE CHRONIKEN

13 970 Band 1 Die Puppe
13 971 Band 2 Das Medaillon
13 981 Band 3 Der Atem des Drachen
13 990 Band 4 Das Taschentuch
14 136 Band 5 Das Stereoskop
14 146 Band 6 Das Irrenhaus

Die Blackstone Chroniken
Teil 5

JOHN SAUL

Das Stereoskop

Ins Deutsche übertragen
von Joachim Honnef

BASTEI
LÜBBE

BASTEI LÜBBE TASCHENBUCH
Band 14 136

Erste Auflage: August 1998

Deutsche Lizenzausgabe 1998 by
Bastei-Verlag Gustav H. Lübbe GmbH & Co.,
Bergisch Gladbach
Originaltitel: The Blackstone Chronicles, Part 5
Day of Reckoning – The Stereoskop
Lektorat: Vera Thielenhaus
Titelbild: Hankins & Tegenborg Ltd., New York
Umschlaggestaltung: QuadroGrafik, Bensberg
Satz: Fotosatz Steckstor, Rösrath
Druck und Verarbeitung:
Brodard & Taupin, La Flèche, Frankreich
Printed in France
ISBN 3-404-14136-9

Der Preis dieses Bandes versteht sich einschließlich der gesetzlichen Mehrwertsteuer

Für Linda
mit Smaragden und Diamanten

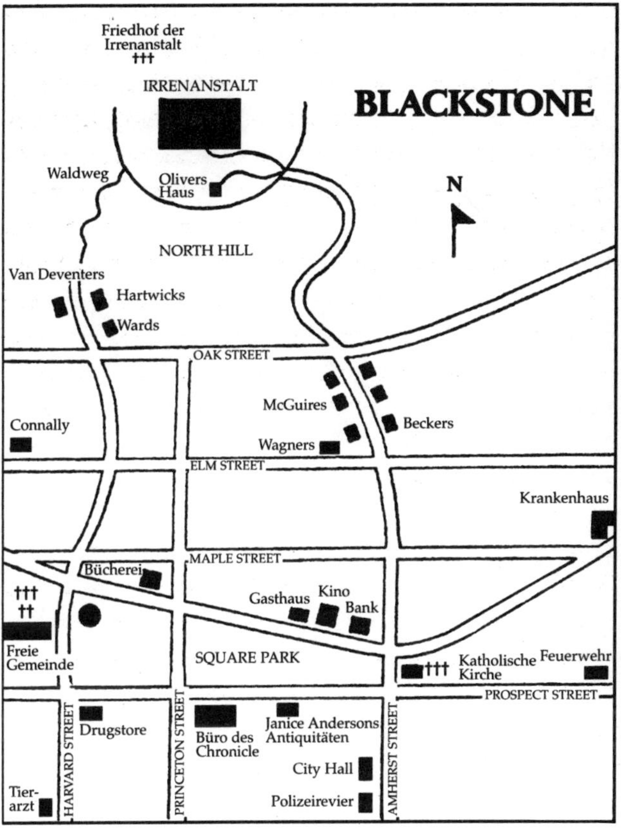
BLACKSTONE
Friedhof der Irrenanstalt
IRRENANSTALT
Waldweg
Olivers Haus
N
NORTH HILL
Van Deventers
Hartwicks
Wards
OAK STREET
McGuires
Beckers
Connally
Wagners
ELM STREET
Krankenhaus
MAPLE STREET
Bücherei
Gasthaus
Kino
Bank
Freie Gemeinde
SQUARE PARK
Katholische Kirche
Feuerwehr
PROSPECT STREET
Drugstore
Büro des Chronicle
Janice Andersons Antiquitäten
City Hall
Polizeirevier
Tier-arzt
HARVARD STREET
PRINCETON STREET
AMHERST STREET

Für jedes Geschöpf des Tageslichts wäre die dunkle Gestalt, die über die finsteren Flure des alten Gebäudes schlich, unsichtbar gewesen. Selbst die schärfsten Ohren hätten sie nicht gehört, so sicher waren ihre Schritte, und so leicht vermied sie in dieser Nacht die Stellen des Bodens, die durch das leiseste Knarren ihre Anwesenheit hätten verraten können.

Obwohl sich die dunkle Gestalt lautlos und unsichtbar bewegte, breitete sich vor ihr eine Aura des Bösen aus wie ein eisiger Wind, reichte in jeden Raum, dem sie sich näherte, und verweilte sogar, wenn die Gestalt vorbei war.

Aber im Gegensatz zu den Streifzügen der dunklen Gestalt in früheren Nächten, als sie begierig durch die Hallen und Flure ihrer Domäne geschlichen war, bewegte sie sich in dieser Nacht fast widerstrebend von ihrem Versteck aus über die Korridore, als wolle sie das Ziel gar nicht erreichen. Und dem war tatsächlich so, denn heute nacht würde sie sich von einem ihrer kostbarsten Schätze trennen, und obwohl sie begierig darauf war, sich an dem Wahnsinn zu ergötzen, den das Stereoskop anrichten würde, gab sie nur ungern die kostbaren Erinnerungen auf, die dieses Objekt für sie enthielt.

Prolog

Der Junge war kaum achtzehn, doch er hatte die schweren Knochen eines reifen Mannes, und seine große Gestalt zeigte die Muskeln, die er in den vergangenen vier Jahren an jedem Tag durch eisernes Training aufgebaut hatte. Selbst jetzt trainierte er seinen Körper jeden Tag, obwohl seine Handgelenke und Knöchel in Ketten lagen, die mit schweren Eisenbolzen in der dicken Außenwand der Kammer befestigt waren. Er trainierte, um seine Kraft für die Zeit zu erhalten, an der er aus dieser Kammer fliehen würde, sich aus den grauen Mauern, die ihn umgaben, befreien und in die Welt jenseits davon zurückkehren würde.

Die Welt, in der all seine Phantasien – all seine dunkelsten Träume – wieder zum Leben erweckt werden konnten.

Die Kammer, in der er gefesselt war, enthielt nur das Notwendigste:

Eine Eisenpritsche, die so fest an der Wand befestigt war wie die Bolzen, die seine Ketten sicherten.

Ein Eisenstuhl, auf dem Boden neben einem Eisentisch festgeschraubt, der gerade groß genug war, um das Tablett aufzunehmen, auf dem ihm sein Essen gebracht wurde.

Ein einziges vergittertes Fenster, das ihm erlaubte, mit feindseligem und bösem Blick auf den Ort am Fuß des Hügels zu blicken.

Eine einzige Glühbirne, geschützt durch ein

Gehäuse aus dickem Glas und Metall, das genau in der Mitte der Decke befestigt war. Das grelle Licht wurde nie gedämpft und beraubte ihn des Nachts der Dunkelheit zum Schlafen.

Ein Guckloch in der Tür erlaubte dem Personal, ihn im Auge zu behalten. Obwohl er nie die Augen sehen konnte, die ihn beobachteten, wußte er stets, wann sie da waren.

Man hatte ihm den Besitz eines einzigen Gegenstandes erlaubt, mit dem er sich in den endlosen leeren Stunden ablenken konnte, zu denen sein Leben geworden war: ein Stereoskop, das ihm seine Großmutter gebracht hatte.

»Er ist ein guter Junge«, hatte die alte Frau seinem Arzt gesagt. »Er hat nicht getan, was man ihm vorwirft. Es ist unmöglich. Ich werde es nie glauben.« Sie hatte den Arzt lange und hart bedrängt, und schließlich hatte er nachgegeben, mehr durch die Höhe des Schecks überzeugt, den sie dagelassen hatte, als durch ihr Flehen. Der Junge durfte das Instrument haben, zusammen mit einem Dutzend Bilder, die seine Großmutter ihm gebracht hatte.

Seit diesem Tag hatte der Junge seine wachen Stunden damit verbracht, durch das Stereoskop auf die dreidimensionalen Bilder zu starren. Es waren alles Bilder von daheim – das Heim, das er nie wiedersehen würde, wie sie sagten.

Er konnte all die Zimmer betrachten:

Das große Wohnzimmer, in dem seine Eltern ihre Freunde empfingen.

Das Eßzimmer, in dem sich an Feiertagen oftmals

zwei Dutzend Leute zu einem Festmahl versammelt hatten.

Das Kinderzimmer, in dem er die ersten beiden Jahre seines Lebens verbracht hatte, bevor sein Bruder geboren worden war.

Es gab auch Außenansichten vom Haus und Aufnahmen von dem großen Hof mit den vielen Bäumen. Unter den Zweigen dieser Bäume hatte er zum ersten Mal seine wundervollen Phantasien geträumt.

Sein Lieblingsbild war jedoch dasjenige, das er heute betrachtete.

Es zeigte sein Zimmer.

Nicht diese Kammer, sondern sein Zimmer daheim, der Raum, in dem er aufgewachsen war und der ihm Zuflucht gewährt hatte, als seine Phantasien begonnen hatten.

Das Zimmer, in dem er seine dunkelsten Träume verwirklicht hatte.

Zuerst war es leicht gewesen. Niemand bemerkte, daß die Eichhörnchen, die ihn stets geärgert hatten, von den Bäumen jenseits seines Fensters verschwanden; selbst das Verschwinden von ein paar miauenden Katzen hatte zu keinen Problemen geführt.

Die Nachbarn und die Leute in der Straße hatten jedoch ihre Hunde gesucht. Natürlich hatte er geleugnet, irgend etwas über ihr Verschwinden zu wissen. Warum sollte er irgend jemandem erzählen, daß er ihre Lieblingstiere lebend abgehäutet und ihre Kadaver hinten in seinem Schrank versteckt hatte?

Als sein bester Freund verschwand, vergoß er Tränen – obwohl er in Wirklichkeit kein Gefühl außer

Erleichterung darüber empfand, daß ein weiteres Ärgernis aus seinem Leben entfernt worden war –, und danach nahm er sich vor, sich nicht mehr mit Freunden abzugeben.

Eine Zeitlang waren die Dinge in Ordnung gewesen. Doch bald begann er sich über das kleine Mädchen – seine Schwester – zu ärgern, und er malte sich in seiner Phantasie aus, sie zu den anderen zu schicken.

Es machte ihn wütend, als sie schließlich kamen und ihn aus seinem Zimmer fortbrachten. Er wehrte sich, doch es waren zu viele. Trotz seiner Schreie und seines Leugnens brachten sie ihn hier rauf und ketteten ihn an die Wand.

Sie beobachteten ihn.

Er schrie jedesmal, wenn sie in seine Nähe kamen, und malte unter Drohungen aus, was genau er mit ihnen machen würde, wenn er freikam und seine Messer wiederhatte. Schließlich ließen sie ihn in Frieden. Abgesehen von dem Pfleger, der seine Mahlzeiten durch den Schlitz in der Tür schob, sah er lange Zeit niemanden.

Was er gut fand.

Wenn sie fortblieben, brauchte er keinen von ihnen zu töten.

Nicht, daß es ihm etwas ausgemacht hätte, sie umzubringen, denn das Töten von Ärgernissen hatte sich nicht nur als perfekte Möglichkeit zum Abreagieren seiner Wut, sondern auch zur Verwirklichung seiner Träume erwiesen.

Er starrte immer noch auf das Bild seines Zimmers

daheim und malte sich in einem wundervollen Tagtraum gerade aus, was er vielleicht tun würde, wenn er jetzt dort wäre, als er ein Geräusch an der Tür hörte. Erschreckt wandte er sich um und sah, daß drei Männer seine Kammer betraten. Er ließ das Stereoskop fallen, stand auf, und sein Zorn über ihr Eindringen loderte in seinen Augen.

»Nur die Ruhe«, sagte einer der Männer und blickte auf die Ketten, als rechne er damit, der Junge könne sie sprengen. »Wir sind nur hier, um dir zu helfen.«

Der Junge kniff die Augen zu Schlitzen zusammen und preßte die Lippen aufeinander. Er duckte sich, bereit anzugreifen, wenn sie in Reichweite seiner Fäuste kommen würden. Wenn er eine der Ketten um ihren Hals schlingen konnte ...

Scheinbar endlose Sekunden bewegte sich keiner in der Kammer. Dann rückten die drei Männer sehr langsam näher.

Jeder Muskel des Jungen spannte sich; sein Gesicht verzerrte sich vor Zorn.

»Du kannst nicht gewinnen«, sagte einer der Männer ruhig. »Du solltest es gar nicht erst versuchen.« Mit einem Wink an seine Kollegen, zu handeln, stürzte er sich auf den Jungen.

Zwanzig Minuten später, als der Kampf schließlich zu Ende war, lag der Junge, angeschnallt mit dicken Lederriemen, auf einer fahrbaren Liege. In seinen Augen glühte noch Zorn, und er bäumte sich in den Fesseln auf. Zwei der drei Männer, die gekommen waren, um ihn abzuholen, hatten gebrochene Nasen, und der dritte hatte eine gebrochene Hand. Obwohl der Patient schließlich unter Kontrolle gebracht worden war, hatte er immer noch nicht aufgegeben.

»Verstehst du, was mit dir geschehen wird?« fragte der Arzt. Der Junge starrte von der Liege zu ihm auf und gab keine Antwort. Statt dessen spuckte er dem Arzt ins Gesicht. Der Doktor wischte sich gelassen den Speichel von der Wange und begann dann laut aus einem Dokument vorzulesen, das vor sechs Wochen vom Gericht ausgestellt worden war. Als er den Gerichtsbeschluß vorgelesen hatte, ließ er seinen Blick über das Team ringsum schweifen. Die drei verletzten Pfleger waren durch drei andere ersetzt worden, und zwei Krankenschwestern hielten sich zur Verfügung. »Sollen wir anfangen?«

Das Team im Operationssaal nickte zustimmend. Die Pfleger schoben die Liege in Position neben eine Operationsbank, die eigens für den Eingriff konstruiert worden war, den der Arzt durchführen würde. Eine Kerbe war in die Bank geschnitten und erlaubte, daß das Ende der Liege unter die offenen Klemmbacken einer großen Zwinge geschoben werden konnte, die einem Schraubstock ähnelte.

Der Kopf des Jungen wurde festgehalten, als die Backen geschlossen und um seine Schläfen gespannt wurden. Mit einem Paar Elektroden verabreichte der Arzt dem Kopf des Jungen eine Reihe von Schocks. Dann begann er mit der Arbeit, bevor die Betäubung durch die Schocks nachlassen konnte.

Während eine Krankenschwester das rechte Augenlid des Jungen offenhielt, fand der Arzt seinen Tränenkanal und steckte die nadelartige Spitze einer langen Sonde hinein. Mit einem scharfen Ruck am anderen Ende der Sonde trieb er das Instrument durch die Augenhöhle. Der Arzt maß die Distanz sorgfältig und schob die Spitze in das weiche Gewebe im Schädel des Jungen, bis sie zwei Zoll in sein Gehirn eingedrungen war.

Zufrieden, weil das Instrument richtig eingeführt war, drehte der Arzt es in einem Zwanzig-Grad-Winkel und durchtrennte die Nerven des Stirnlappens.

Der Junge entspannte sich auf der Liege, und seine Grimasse des Zorns wurde zu einem freundlichen Lächeln.

Der Arzt zog die Sonde aus dem Tränenkanal des Jungen und nickte einer der Krankenschwestern zu. »Das war's. Sein Auge wird ein, zwei Tage wund sein, aber ehrlich gesagt bezweifle ich, daß er es überhaupt bemerken wird.« Nach getaner Arbeit verließ der Arzt den Operationssaal.

Eine der Schwester betupfte das Auge des Jungen mit Alkohol; die andere klebte einen Verband darüber.

Während einer der Pfleger die Klammern löste, die den Kopf des Jungen ruhiggestellt hatten, schnallten die beiden anderen die Riemen auf, mit denen er an die Liege gefesselt war.

Der Junge lächelte nur zu ihnen auf.

Drei Tage später, als der Verband vom Auge des Jungen entfernt wurde, nahm er das Stereoskop und spähte wieder durch die Linsen.

Das Bild seines Zimmers war noch da, aber es sah anders aus, denn als der Arzt die Sonde ins Gehirn des Jungen eingeführt hatte, hatte sie den Sehnerv durchtrennt. Er sah nicht mehr in drei Dimensionen, so daß die Illusion verschwunden war, die durch das Stereoskop geschaffen worden war. Doch das machte nichts aus, denn alles im Kopf des Jungen hatte sich verändert.

Seine Phantasien waren verschwunden. Nie wieder würde er in der Lage sein, seine Träume zu verwirklichen.

Die dunkle Gestalt verweilte in der kalten, stillen Kammer. Sie streichelte über das glatte Mahagoni des Kastens mit dem Stereoskop. Aber sie wußte, daß der Moment gekommen war, in dem sie sich von ihrem Lieblingsstück trennen mußte. Widerstrebend, mit einem letzten liebevollen Streicheln des dunklen Holzes, bückte sich die dunkle Gestalt, legte das Stereoskop in die vierte Schublade der Eichenkommode und schob die Schublade zu.

Bald – sehr bald – würde das Geschenk in anderen Händen sein. Die dunkle Gestalt hatte den neuen Besitzer sorgfältig ausgewählt. Wieder einmal würde die Vergangenheit zurückkehren und Blackstone heimsuchen.

1

Ed Becker erschauerte, als er an der schmutzigen Steinfassade der Irrenanstalt emporschaute. »Manchmal frage ich mich, ob es überhaupt Sinn hat, zu versuchen, diesen häßlichen Bau in etwas Schönes zu verwandeln.« Obwohl es ein früher Freitag morgen war, der einen perfekten Frühlingstag versprach, konnte selbst der strahlende Sonnenschein nicht die unheilvolle Aura vertreiben, die das Gebäude zu umgeben schien. »Ich habe das üble Gefühl, daß wir vielleicht alle mit diesem Projekt baden gehen.«

Bill McGuire stieg aus seinem Pickup-Truck aus und knallte die Tür zu. Er hatte kaum einen Blick für das drohend aufragende Gebäude übrig, als er die Heckklappe herunterließ und die Handkarre von der Ladefläche zog. »Sie haben zu viele Romane gelesen«, sagt er zu Becker. »Es ist nur ein altes Gebäude. Wenn ich es renoviert habe, werden Sie es gar nicht mehr wiedererkennen.«

»Mag sein.« Becker seufzte, als sie die Treppe zum Portal emporstiegen. Er und Bill waren zusammen mit anderen am Mittwoch und noch einmal gestern hierher zurückgekehrt, um die kalten, dunklen Räume und jeden Zoll des zehn Morgen großen Grundstücks nach Rebecca Morrison abzusuchen. Ohne Erfolg. Jetzt sagte er: »Ich frage mich allmählich, ob Edna Burnham recht hat und alle Ereignisse hier etwas mit diesem Bau zu tun haben.«

Als das Gesicht des Bauunternehmers Zorn widerspiegelte, wünschte der Anwalt, er hätte seine Gedanken für sich behalten. Dazu war es zu spät. »Hören Sie, Bill, es tut mir leid«, sagte er hastig. »Ich wollte nicht andeuten, daß der Tod Ihrer Frau Elizabeth etwas damit – äh ...« Er wußte nicht mehr weiter und sagte sich, daß alles, was er hinzufügen würde, es nur noch schlimmer machen würde. »Es tut mir leid«, sagte er abermals. »Ich hätte den Mund halten sollen.« Sekundenlang befürchtete er, McGuire würde ihm einen Fausthieb verpassen, doch dann sah er, daß der Zorn des Bauunternehmers verrauchte.

»Vergessen Sie's«, sagte McGuire. »Ich weiß nicht, warum es mir immer noch so zusetzt. Es ist ja nicht so, daß ich das häßliche Getuschel in der ganzen Stadt nicht mitbekommen würde. Nicht nur Edna Burnham zerreißt sich das Maul.«

Es stimmte. In den beiden Tagen, seit man Germaine Wagners Leiche zerschmettert unter dem Aufzug in ihrem eigenen Haus gefunden hatte, hatten sich Gerüchte in Blackstone ausgebreitet wie ein Virus, wie eine Krankheit aus Furcht und Mißtrauen. Clara Wagner war erst gestern in ein Pflegeheim in Manchester gebracht worden. Als Zeugin des schrecklichen Todes ihrer Tochter hatte sie einen Schlaganfall erlitten, bei dem sie die Sprache verloren hatte; Clara würde nie die

Ereignisse dieser grauenvollen Nacht erzählen können, in der ihre Tochter gestorben war. Germaine war in aller Stille beigesetzt worden, nachdem der Coroner die Leichenbeschau beendet hatte. Auf ihren eigenen Wunsch hin, den man ordentlich abgeheftet bei Germaines Papieren gefunden hatte, war auf eine Beerdigungsfeier verzichtet worden.

Steve Driver, der Deputy Sheriff, hatte jeden Winkel von Clara Wagners Haus mit so viel Energie durchsucht, wie der Feuerwehrchef bei der Ruine von Martha Wards Haus eingesetzt hatte, nachdem es vor einigen Wochen bei einem verheerenden Brand zerstört worden war. Aber auch diese Ermittlung war erfolglos geblieben.

Es gab Beweise von Gewaltanwendung: Fast alles in Germaine Wagners Schlafzimmer war umgeworfen worden, der Spiegel in ihrem Badezimmer war zertrümmert, und überall war Blut. Aber selbst der Kriminalbeamte, den Steve sofort von Manchester angefordert hatte, konnte keine Anzeichen dafür finden, daß jemand außer Germaine selbst als Täter in Frage kam. Blutproben aus Schlafzimmer und Badezimmer und vom orientalischen Teppich in der Eingangshalle waren identisch: Es handelte sich ausschließlich um Germaine Wagners Blut.

Am beunruhigendsten von allem war Rebecca Morrisons Verschwinden. Die einzige mögliche Zeugin, die vielleicht diese schrecklichen Ereignisse hätte schildern können, war verschwunden. Wo war sie – und war sie in Gefahr, wenn sie überhaupt noch lebte? Hatte Rebecca einen grauenvollen Unfall gesehen oder ein schreckliches Verbrechen? War sie aus Entsetzen geflüchtet – oder aus Schuld? Oder war ihr eine ebenso furchtbare Tragödie widerfahren wie den Wagner-Frauen? Die Suche in der Stadt und der Umgebung war erfolglos geblieben; es gab keine Spur von ihr. Ebensowenig hatte die Bitte um Hinweise aus der Bevölkerung zu irgendeinem Anhaltspunkt geführt. Sogar die ehemalige Irrenanstalt war durchsucht worden – ohne Ergebnis. Die Spekulationen breiteten sich aus wie ein Lauffeuer. Einige meinten, Rebecca hätte einen Nervenzusammenbruch erlitten und sich gegen ihre Wohltäterin gewandt. Andere verwiesen darauf, daß es eine dunkle Seite an Germaine Wagners Großzügigkeit gegeben hatte. Es stimme zwar, daß sie Rebecca aufgenommen und ihr ein Obdach gegeben hatte, als das Haus ihrer Tante, in dem sie gewohnt hatte, abgebrannt war. Doch hatte sie Rebecca seit Jahren mit einer herablassenden Art behandelt, die keiner außer Rebecca länger als eine Minute geduldet hätte.

War Rebecca schließlich zu einem kaltblütigen Mord getrieben worden, nach dem sie geflüchtet war?

Steve Driver fand diese geflüsterten Theorien lächerlich. Er kannte Rebecca Morrison und Germaine Wagner seit über zwanzig Jahren. Er konnte sich Rebecca überhaupt nicht als Mörderin vorstellen. Darüber hinaus hätte sie Germaine diese Art von Wunden niemals zufügen können, ohne sich selbst zu verletzen. Die Glasscherben im Badezimmer allein waren ein Beweis dafür. Er hatte auch nicht den geringsten Hinweis darauf gefunden, daß jemand außer den drei Bewohnerinnen in dieser Nacht im Haus gewesen war.

Blackstone brauchte dringend Antworten auf alle Fragen, und keiner brauchte sie mehr als Oliver Metcalf, der Verleger der Zeitung, doch Driver hatte keine, nicht den geringsten Anhaltspunkt, der einen Sinn ergeben hätte. Am Donnerstag abend war Oliver von neuem ins Büro des Deputy Sheriffs gestürmt und hatte einen Bericht über den Stand der Ermittlungen verlangt. Weil er nicht wußte, was er dazu sagen sollte, hatte Driver zynisch geäußert, daß Germaine vielleicht ebenfalls ein ›Geschenk‹ erhalten hatte – ein Geschenk wie die anderen, die in den vergangenen paar Monaten Tragödien über drei Familien in Blackstone gebracht hatten. Zu seinem Entsetzen war Oliver Metcalf totenbleich geworden.

»O mein Gott«, flüsterte Oliver. »Es war *meine* Schuld. Ich habe Rebecca ein Taschentuch geschenkt. Mit einem eingestickten R ... Ich – ich dachte, es wäre ein perfektes Geschenk für sie.«

»Um Himmels willen, Oliver«, sagte Driver erstaunt. »Das war ein Scherz von mir! Erzählen Sie mir nicht, Sie glauben diesen Schwachsinn, den Edna Burnham verbreitet!«

Obwohl beide Männer geschworen hätten, daß sie allein im Büro des Deputy Sheriffs gewesen waren, machten Gerüchte von einem weiteren »verfluchten« Geschenk in der Stadt die Runde.

Als Bill McGuire die jüngsten Gerüchte zu Ohren gekommen waren, hatte er sie angewidert abgetan. Jetzt wiederholte er bei Ed Becker die gleichen Worte, die er am Dienstag nachmittag nach seiner Besichtigung der Irrenanstalt mit Ed Becker und Melissa Holloway zu Velma gesagt hatte, als er auf ein Stück Nußkuchen und eine Tasse Kaffee in die ›Rote Henne‹ gegangen war. »Was mit Elizabeth geschah, war auf ihre Fehlgeburt zurückzuführen. Es hatte überhaupt nichts mit der Puppe zu tun, die in unserem Haus auftauchte. Meine Tochter Megan hat die Puppe immer noch, und ihr ist nichts passiert, oder?«

»Natürlich nicht«, stimmte Ed Becker zu. »Und es wird auch nichts passieren.«

Bill McGuire schloß das Portal der Irrenanstalt auf. Als er den einen Flügel aufzog, fröstelte Ed Becker, denn ein kalter Luftschwall kam aus dem Gebäude. Ungebetene Erinnerungen an Geschichten stiegen in ihm auf, die er als Junge gelesen hatte, und er erschauerte, als ihm einfiel, daß ein Schwall kalter Luft aus einem Raum auf die Anwesenheit eines Gespenstes hinwies.

Oder nur auf den Mangel an Wärme in einem großen alten Gebäude an einem warmen Morgen, sagte er sich, als sein Frösteln so schnell verging, wie es gekommen war. Als er jedoch eintrat, erschauerte er von neuem. Der Flügel des Portals schloß sich, der strahlende Sonnenschein blieb zurück, und Düsterkeit hüllte ihn ein wie ein erstickendes Tuch.

Plötzlich fragte er sich, ob er die Eichenkommode wirklich haben wollte.

»Nervös?« fragte Bill McGuire und grinste über das offensichtliche Unbehagen des Anwalts. »Vielleicht möchten Sie draußen warten, während ich die Kommode hole.«

»Unsinn, ich fühle mich prima«, widersprach Ed Becker und hörte zu spät, daß sein Tonfall die Worte Lügen strafte. »Nun gut, ich finde es hier ein wenig unheimlich. Also klagen Sie mich ruhig an.«

McGuire lachte. »So spricht ein wahrer Anwalt.« Aber dann erschauerte er ebenfalls und wünschte, er könnte das Licht anschalten, um die Schatten aus den Räumen zu vertreiben, durch die sie gingen.

Beide Männer atmeten auf, als sie zu der Treppe zum zweiten Geschoß gelangten, wenn auch nur, weil Sonnenschein durch die Fenster hinter dem Treppenhaus fiel. Doch selbst hier fand sich eine grausige Erinnerung an den letzten Verwendungszweck des Gebäudes: Die dicken Eisengitter, die vor Jahrzehnten vor den Fenstern angebracht worden waren, warfen Schatten auf den kahlen Holzboden, die dem Muster von Gefängnisgittern ähnelten.

Als Ed Becker oben auf der Treppe war, richteten sich seine Nackenhaare auf, und er bekam eine Gänsehaut.

Er wußte, so sicher, wie er seinen Namen kannte, daß er und Bill McGuire nicht allein waren.

Einen Augenblick später, als McGuire ebenfalls erschauerte, hörte er ein Geräusch.

Es war schwach und kaum wahrnehmbar, aber es war da.

»Haben Sie das gehört?« fragte McGuire und klammerte sich an Beckers Arm fest.

»Ich – ich bin mir nicht sicher«, wisperte Ed Becker, der seine Furcht nicht eingestehen wollte. »Vielleicht ...« Die Worte erstarben auf seinen Lippen, als er das Geräusch abermals hörte. Diesmal konnte es kein Irrtum sein.

Irgendwo unten in einem der lange aufgegebenen Räume bewegte sich jemand – oder *etwas*.

Ed Becker schluckte und glaubte, einen Kloß in der Kehle zu haben.

Das Geräusch ertönte ein drittes Mal. Es schien aus einem der Räume auf der linken Seite des breiten Flurs zu kommen.

Aus dem Raum, in dem die Kommode steht, dachte Ed Becker, und seine Furcht nahm sofort zu.

Bill McGuire drückte sich schutzsuchend an die linke Wand und schlich langsam den Flur entlang. Ed Becker folgte ihm zögernd, weniger aus Tapferkeit, sondern aus Entsetzen bei dem Gedanken, allein gelassen zu werden. Als sie sich näher an den Raum heranschlichen, hörten sie das Geräusch von neuem.

Ein Kratzen, als versuche etwas durch eine Tür zu gelangen.

Die Tür, die einen Spalt offenstand, bewegte sich plötzlich.

Nur ein wenig, aber so viel, daß beide Männer es sehen konnten.

»Wer ist da?« rief McGuire.

Das Kratzen verstummte sofort.

Sekunden vergingen, die Ed Becker wie Minuten vorkamen, und dann forderte Bill McGuire, näher an der Tür als Becker, den Anwalt mit einer Geste auf, zu bleiben, wo er war. Lautlos schob sich McGuire näher an die Tür heran. Er verharrte einen Moment, sprang dann auf die Tür zu und riß sie ganz auf. Es krachte, als die Tür gegen die Wand schlug, und dann sprang Bill McGuire zur Seite, als ein Waschbär über die Türschwelle sprang, an Ed Becker vorbeisauste und die Treppe hinauf verschwand.

Ed Becker fluchte leise, angewidert von sich selbst, weil er so große Angst gehabt hatte. »Holen wir die verdammte Kommode und verschwinden wir von hier, bevor wir beide einen Herzinfarkt bekommen.« Er holte die Sackkarre vom oberen Treppenabsatz und folgte Bill McGuire in den Raum.

Die Kommode stand genau dort, wo sie am Dienstag nachmittag gestanden hatte. Sie war anscheinend von etwas Unheimlicherem als dem

Waschbär verschont geblieben. Fünf Minuten später, als die Kommode fest auf die Sackkarre geschnallt war, traten sie wieder in den morgendlichen Sonnenschein hinaus und stellten fest, daß Oliver Metcalf bei dem Truck wartete. Sie luden die Kommode auf die Ladefläche des Pickups, ohne sie von der Sackkarre loszuschnallen. Oliver musterte die alte Eichenkommode.

»Wollen Sie tatsächlich dieses Ding haben?« fragte er, als Ed Becker sorgfältig die Heckklappe schloß.

»Warten Sie ab, was Sie sehen, wenn ich sie restauriert habe«, erwiderte Becker. »Dann werden Sie wünschen, Sie hätten sie behalten.«

Oliver schüttelte den Kopf. »Nichts für mich«, sagte er, und sein Blick schweifte zu der Irrenanstalt. »Wenn es nach mir ginge, würde alles, was von dort kommt, gleich auf dem Müll landen.«

Ed Becker schaute ihn komisch an. »Na, na, Oliver. Es ist nur ein Möbelstück.«

Oliver Metcalfs Brauen verzogen sich zweifelnd. »Mag sein«, stimmte er zu. »Aber ich möchte es nicht in meinem Haus haben.« Dann: »Möchtet ihr Jungs eine Tasse Kaffee trinken?«

Becker schüttelte den Kopf. »Ich habe Bonnie versprochen, nicht länger als eine halbe Stunde fort zu sein. Amy ist mit einem Schnupfen aus der Schule gekommen und macht Bonnie verrückt. Darf ich später einmal auf Ihr Angebot zurückkommen?«

»Jederzeit«, sagte Oliver.

Ed Becker und Bill McGuire stiegen in den Truck. Als sie davonfuhren, erhaschte Oliver einen letzten Blick auf die Eichenkommode, die auf der Ladefläche stand.

Und als sein Gehirn den Anblick verarbeitete, schossen Schmerzen durch seinen Kopf.

Der Junge starrt auf die Nadel der Spritze, die auf dem Tisch liegt. Er weiß nicht, was geschehen wird, aber er hat immer noch schreckliche Angst.

Der Mann nimmt die Spritze und nähert sich dem Jungen.

Der Junge zuckt zurück, aber er weiß, daß es kein Entrinnen gibt. Er bemüht sich, nicht zu schreien, als der Mann die Nadel in seinen Arm sticht.

Dann hüllt ihn Schwärze ein.

Als der Kopfschmerz nachließ und Oliver zu seinem Haus zurückkehren konnte, war der Truck von der Amherst Street verschwunden wie das Bild aus Olivers Erinnerung.

2

Rebecca Morrison hatte keine Ahnung, wo sie sich befand und wie lange sie schon dort war.

Sie konnte sich nur noch klar erinnern, wie sie aus einem Alptraum erwacht war und entsetzliche Geräusche unten im Haus gehört hatte. Sie entsann sich, daß sie ihr kleines Mansardenzimmer verlassen hatte, aber danach sah sie nur noch ein Chaos von Bildern.

Germaines Zimmer. Eine zerbrochene Lampe auf dem Boden. Blutspritzer.

Weitere Blutspritzer auf der Treppe. Auf dem Teppich.

Ein Arm.

Sie erinnerte sich deutlich an einen Arm, der unter dem Aufzug hervorragte.

War Miss Clara in dem Aufzug gewesen?

Sie glaubte es, aber selbst das war ihr nicht klar.

Sie erinnerte sich, daß sie in die Nacht hinausgelaufen war – sie mußte um Hilfe geschrien haben –, aber danach herrschte völlige Leere.

Als nächstes erinnerte sie sich, daß sie langsam erwacht war und nicht gewußt hatte, ob sie wach oder in einem Tagtraum gefangen war.

Dunkelheit hatte sie eingehüllt, eine so tiefe Schwärze, daß sie das Gefühl gehabt hatte, darin zu ertrinken und keine Luft mehr zu bekommen. Als ihr Verstand klarer geworden war und sie erkannt hatte, daß sie nicht träumte und nicht starb, sondern an einem fremden, dunklen Ort erwachte, hatte sie als erstes entsetzt gedacht, lebendig begraben worden zu sein.

Eine Woge der Panik erfaßte sie. Sie versuchte zu schreien, doch es kam nur ein ersticktes Stöhnen aus ihrer Kehle. Sie mußte würgen.

Ihr Mund war verklebt!

Mit Heftpflaster, so daß sie noch nicht einmal husten konnte, und sekundenlang hatte sie das Gefühl, ihr Kopf würde explodieren. Schließlich schaffte sie es jedoch, den Husten unter Kontrolle zu bringen – sie wußte immer noch nicht, wie ihr das gelungen war.

Langsam – sehr langsam – ließ ihre Panik nach, nur um von etwas noch Schlimmerem abgelöst zu werden.

Das Klebeband war nicht nur über ihrem Mund – ihre Handgelenke und Knöchel waren damit gefesselt.

Sie lag auf hartem Boden, der nicht mit einem Teppich bedeckt war. In der völligen Dunkelheit konnte sie die Größe des Raums nicht einschätzen, in dem sie sich befand.

Totenstille. Während scheinbar unendlich viel Zeit verging, jagte ihr die unheimliche Stille so viel Angst ein wie die Finsternis.

Dann nahm sie die Kälte wahr.

Es war so kalt, daß sie es kaum bemerkt hatte, als sie erwacht war. Aber als erst die Minuten und dann die Stunden verstrichen und sie weder etwas hören noch etwas sehen konnte, war die Kälte ihre einzige Gefährtin, nahm sie immer fester in ihre eisigen Arme und drang langsam nicht nur in ihren Körper, sondern auch in ihren Geist.

Bald kroch die Kälte in ihre Knochen, und ihr ganzer Körper schmerzte. Ganz gleich, wie sehr sie versuchte, sich aus der Kälte herauszuwinden, es gab kein Entkommen.

Schlaf wurde unmöglich, denn immer, wenn Erschöpfung und Entsetzen sie besiegten und ihr Geist sich sekundenlang in Bewußtlosigkeit zurückzog, wurde sie von den Alpträumen verfolgt, die in der Kälte gediehen und sie sogar im Schlaf so sehr quälten, daß Körper und Geist beim Erwachen noch geschwächter waren als zuvor.

Sie hatte jegliches Zeitgefühl verloren; Tag und Nacht waren längst bedeutungslos geworden.

In den ersten Stunden – oder vielleicht sogar Tagen – hatte sie befürchtet zu verhungern. Als sie zum ersten Mal erwacht war, hatte sie zu große Angst gehabt, um auch nur an Nahrung oder Wasser zu denken, aber selbst Furcht muß schließlich dem Hunger nachgeben. Irgendwann war der Schmerz der zunehmenden Kälte von einem nagenden Hungergefühl unterbrochen worden, das schließlich zu einer dumpfen Qual geworden war, die ihren Verstand ebenso angegriffen hatte wie ihren Körper.

Mit dem Hunger kam der Durst, ein so brennendes Verlangen, daß sie glaubte, daran sterben zu müssen. Wie lange würde es dauern bis zum Tod? Wieviel länger, bis Hunger, Durst oder ein namenloses Übel aus der Dunkelheit zuschlagen und Erlösung von dieser unendlichen Qual bringen würden?

Hunger, Durst und der Horror der Dunkelheit, die Leere und die Alpträume würden weitergehen, bis sie schließlich Erlösung finden würde; und sie würde sie begrüßen, wenn sie kam.

Aber bis dahin ...

Ein Schluchzen stieg in ihrer Kehle auf, doch sie kämpfte schnell dagegen an, denn sie wußte, daß es ihr nur den Atem nehmen würde. Und als sie heiße Feuchtigkeit in ihren Augen spürte, kämpfte sie auch dagegen an, sie wollte keinen einzigen Tropfen Wasser für etwas so Nutzloses wie Tränen vergeuden.

Allein die Mühe, gegen das Durcheinander ihrer Gefühle anzukämpfen, brachte ihr Entsetzen unter Kontrolle, und nach einer scheinbaren Ewigkeit – Rebecca hatte keine Ahnung, wie lange es gewesen sein mochte – besiegte sie schließlich die schlimmsten der Dämonen, die aus der Dunkelheit gekommen waren.

Immer wieder sagte sie sich, daß sie noch lebte und bald – sehr bald – jemand kommen und sie retten würde.

Aber wie lange würde *bald* sein?

Das war ungewiß.

Abermals schüttelte sie einen dämonischen

Alptraum ab, der der Kälte entsprang, und erwachte aus unruhigem Schlaf. Aber im Augenblick des Erwachens wußte sie, daß sich etwas verändert hatte.

Etwas an der Dunkelheit war anders, und sie wußte ganz sicher, daß sie nicht mehr allein war.

Sie lag völlig reglos und wagte nicht zu atmen, als sie in die Stille lauschte.

Auch diese hatte sich verändert.

Es war nicht mehr die leere, unheimliche Stille, in der sie zuvor erwacht war.

Jetzt schien etwas gerade außerhalb ihrer Hörweite zu lauern.

Und ihre Haut kribbelte, als ob ein urzeitlicher sechster Sinn beobachtende Augen entdeckt hätte, die ihre eigenen nicht sehen konnten.

Ihr Puls raste; das Herz schlug ihr bis zum Hals.

Was auch immer in der Dunkelheit lauerte, es näherte sich.

Eiskalter Schweiß brach Rebecca aus – Angstschweiß.

Und dann spürte sie die Berührung.

Ein Schrei stieg in ihrer Kehle auf, als etwas Federleichtes über ihr Gesicht strich, doch abermals hielt das Klebeband auf ihrem Mund den Schrei zurück, und er klang nur wie ein ersticktes Wimmern.

Da war wieder die Berührung, und schließlich wurde die Stille durchbrochen.

»Der Anfang, dies ist nur der Anfang.« Die Worte wurden so leise gesprochen, daß sie nur das Raunen einer Brise hätten sein können, aber in der stillen Dunkelheit hallten sie wie ein Echo wider und erfüllten Rebecca von neuem mit unbeschreiblichem Entsetzen.

Die Stimme flüsterte wieder.

»Schrei nur, wenn du willst, keiner kann dich hören. Keiner würde sich darum kümmern, wenn er es hören könnte.«

Dann spürte sie abermals die Berührung.

Diesmal war sie stärker, und sofort brachte sie eine schreckliche Erinnerung zurück.

Sie war aus dem Haus geflohen, um Hilfe zu holen. Sie rannte über die Amherst Street und wollte zu Olivers Haus an deren Ende gelangen, gerade innerhalb der Tore der ehemaligen Irrenanstalt.

Und plötzlich – ohne Warnung – schlang sich ein Arm um ihren Nacken, und eine Hand preßte sich auf ihren Mund.

Eine Hand mit einem dünnen Gummihandschuh, wie sie spürte, bevor sie von Entsetzen überwältigt wurde.

Der gleiche dünne Gummihandschuh bedeckte die unsichtbare Hand, die jetzt über ihre Wange strich.

Das Klebeband wurde von ihrem Mund gerissen.

Instinktiv öffnete Rebecca den Mund zum Schrei, doch bevor ein Laut über ihre Lippen kam, wurde sie von einer inneren Stimme gewarnt:

Er will, daß du schreist. Er will hören, daß du Angst hast.

Rebecca behielt die Kontrolle über sich, die sie irgendwie in den endlosen Stunden in Kälte und Dunkelheit angesammelt hatte, und blieb stumm.

Wie seit Stunden – vielleicht seit Tagen – wartete sie still in der Finsternis.

Die Stille dehnte sich – scheinbar endlos lange. Obwohl Rebecca nichts hören konnte, spürte sie die zunehmende Wut ihres Peinigers.

Sie nahm sich vor, ihm nicht zu geben, was auch immer er von ihr wollte.

Nicht jetzt.

Niemals.

Schließlich sprach sie.

»Du könntest mich ebensogut töten«, sagte sie und schaffte es, ihre Stimme kein bißchen zittern zu lassen. »Wenn du das tun willst, kannst du es ebensogut jetzt gleich tun.«

Abermals herrschte lastende Stille, und gerade als Rebecca dachte, sie nicht mehr ertragen zu können, ertönte das Flüstern aus der Schwärze.

»Du wirst wünschen, ich hätte dich getötet«, wisperte die Stimme. »Bald wirst du das wünschen.«

Sie machte sich auf etwas gefaßt und fragte sich, was als nächstes kommen würde.

Aber ihr wurde nur wieder das Band über den

Mund geklebt, und die Stunden in Stille und Dunkelheit begannen von neuem.

Dann und wann kehrte er zurück.

Er brachte ihr Wasser.

Er brachte ihr Essen.

Er sprach nicht.

Sie schwieg ebenfalls.

Langsam erkundete sie den Raum, in dem sie gefangengehalten wurde, kroch wie eine Raupe über den Boden, schnüffelte in den Ecken, berührte, was sie mit den Händen ertasten konnte, obwohl ihre Handgelenke immer noch hinter ihrem Rücken gefesselt waren.

Alles war kalt und glatt.

Der Raum war völlig leer.

Sie wußte nicht mehr, wie oft sie an den Wänden des Raums entlang und im Zickzack über den Boden gekrochen war und nach etwas gesucht hatte – nach irgend etwas –, das ihr einen Hinweis geben würde, wo sie sich befand.

Es gab nichts.

Dann wurde die Stille endlich wirklich durchbrochen.

Sie hörte Schritte und gedämpfte Stimmen, und zum ersten Mal, seit sie in der stillen Schwärze war, versuchte sie zu schreien.

Sie versuchte es und scheiterte, weil das Klebeband auf ihrem Mund den Schrei erstickte.

Ein wenig später hörte sie wieder die gedämpften Laute, und abermals kämpfte sie gegen das Klebeband an, versuchte es am Boden abzureiben, aber sie fand nichts, an dem sie den Rand des Bandes lange genug festhalten konnte, um es abzustreifen.

Dann verklangen die Stimmen, und von neuem war sie von Schwärze und Stille umgeben.

3

»Fahren Sie den ganzen Weg bis zur Garage runter«, sagte Ed Becker zu Bill McGuire. »Mir tut bereits jetzt der Rücken weh, und je näher wir bis zur Kellertreppe kommen, desto besser.«

Bill McGuire blickte zu dem Anwalt. »Haben Sie noch einen Kohlekasten? Vielleicht können wir die-Kommode einfach damit runterlassen. Dann wird sie wenigstens direkt an Ort und Stelle sein, wenn Sie sich entschließen, sie in den Ofen zu schieben.«

»Sehr lustig«, murrte Becker. »Aber wenn ich damit fertig bin, werden Sie sie nicht wiedererkennen.«

»Genau meine Rede«, spottete der Bauunternehmer. Er fuhr bis zur Garage und stoppte dicht davor. Als er ausstieg, flog die Hintertür des Hauses auf, und Eds fünfjährige Tochter Amy sauste heraus, gefolgt von Riley, einem sechs Monate alten Labrador. Amy hatte es geschafft, ihre Eltern zu überzeugen, daß der Welpe das »absolut einzige ist, was ich als Weihnachtsgeschenk will. Wenn ich nur das Hündchen haben kann, dann verspreche ich, nie wieder sonst etwas zu wünschen, Gott helfe mir.« Während Amys Betteln erfolgreich gewesen war und das Hündchen jetzt tatsächlich im Haus der Beckers lebte, mußte ihr Vater immer noch die Angst vor Hunden überwinden, an der er litt, seit er im

Alter seiner Tochter gewesen war. Während der vergleichsweise unbedrohliche, acht Wochen alte Ball aus Flaum, der Riley bei seiner Ankunft gewesen war, sich zu einer enormen Bedrohung entwickelt hatte – jetzt war er ein vierzig Pfund schwerer Medizinball mit Füßen –, war Ed dem Liebling seiner Tochter gegenüber zunehmend vorsichtig geworden. Jetzt tat Riley sein Bestes, in Eds Arme zu klettern und sein Gesicht mit besonders feuchter Zunge abzulecken. Der Anwalt, der nie vor dem zornigsten Richter Angst gehabt hatte, duckte sich nun vor dem begeisterten Ansturm des ›Hündchens‹.

»Bring ihn ins Haus, Amy«, befahl Ed mit autoritärer Stimme, obwohl seine Beine weich geworden waren.

»Er wird dich nicht fressen, Papa«, erwiderte Amy mit genug Spott, um ihrem Vater das Blut in die Wangen zu treiben. »Er ist nur lieb. Er liebt dich!«

»Nun, ich liebe ihn nicht«, murmelte Ed und wehrte den Hund jetzt mit beiden Händen ab.

Riley, der glücklich kläffte und nicht ahnte, welches Chaos er in Eds Innerem anrichtete, sprang weiterhin gegen Eds Brust und genoß dieses neue Spiel.

»Riley, *runter*!« kommandierte Bonnie Becker, als sie die Hintertür aufstieß und sich zu der Gruppe beim Pickup gesellte. Der Hund ließ sofort von Ed ab, obwohl sein ganzer Körper vor kaum unterdrückter Aufregung zitterte, während er schmachtend zu seinem Herrchen aufschaute. »Bring ihn rein, Amy«, wies Bonnie ihre Tochter an. »Siehst du nicht, daß er deinen Vater fast zu Tode erschreckt?«

Eds Verlegenheit wuchs, als seine Tochter den Hund am Halsband packte und zum Haus zog. Obwohl der Labrador, nur ein paar Zentimeter kleiner und nicht leichter als das Mädchen, den Gehorsam hätte verweigern können, gab er glücklich dem Zerren seiner kleinen Herrin nach. Kind und Hund verschwanden im Haus, und Ed, dessen Mut völlig wiederhergestellt war, nachdem nichts mehr von dem Hund zu sehen war, versuchte ein wenig von seiner Würde wiederzuerlangen. »Ich habe *keine* Angst vor ihm«, erklärte er. »Er ist nur so groß, und er könnte jemanden verletzen! Er muß lernen, sich zu benehmen und keine Leute anzuspringen!«

Seine Frau nickte ernst. »Da hast du völlig recht«, pflichtete Bonnie ihm bei. »Warum dressierst du ihn nicht?«

Ed bemühte sich um einen vernichtenden Blick, scheiterte kläglich und wurde noch roter, als Bonnie kicherte.

»Das ist nicht lustig!« maulte er, obwohl seine Lippen mit einem beginnenden Lachen zu zucken begannen. »Er könnte wirklich jemanden verletzen!«

»Oh, das könnte er wirklich«, pflichtete Bill McGuire ihm mit absichtlich todernster Miene bei. »Ich hatte wahnsinnige Angst.« Er zwinkerte

Bonnie zu. »Haben Sie gesehen, wie gefährlich er mit dem Schwanz gewackelt hat?«

»Und wie er die Zähne gebleckt hat, als er Eds Gesicht ablecken wollte«, fügte Bonnie hinzu. »Das war ziemlich gruselig.«

»Schon gut, schon gut«, grollte Ed, der schließlich einsah, daß er kein Mitleid erwarten konnte. »In puncto Hunde bin ich ein Angsthase. Also macht euch nur lustig über mich.« Er ging zur Heckklappe des Trucks, öffnete sie und mühte sich mit der Eichenkommode ab. »Helft ihr beiden mir bei diesem Ding, oder wollt ihr euch den ganzen Tag über mich lustig machen?«

»Lustig machen klingt gut«, sagte Bill McGuire trocken. »Wie ist das bei Ihnen, Bonnie?«

»Ich halte Lustigmachen stets für viel besser, als Sperrmüll herumzuschleppen«, pflichtete Bonnie ihm bei.

»Es ist kein Sperrmüll«, sagte Ed. »Es ist solide Eiche und mindestens hundert Jahre alt und ...«

»Wenn es kein Sperrmüll ist, wie kommt es dann, daß man dir das Ding geschenkt hat?« fragte Bonnie.

»Geschenkt?« fragte Bill McGuire, bevor ihm die Bedeutung von Bonnies Frage richtig klargeworden war. »Hat er Ihnen gesagt, wir hätten es *verschenkt ...«* Zu spät erkannte er seinen Fehler und schaute fort, um so zu tun, als hätte er Eds finsteren Blick nicht gesehen.

»Wieviel?« fragte Bonnie, plötzlich weitaus interessierter an der Kommode als noch vor einer halben Minute. Sie trat näher an den Pickup heran und musterte die alte Eichenkommode wie ein Boxkämpfer seinen Gegner und holte dann zum Eröffnungsschlag aus. »Ich kann nicht glauben, daß jemand den Nerv hat, für dieses Ding auch noch Geld zu verlangen.«

»Du weißt eben nichts über Antiquitäten«, parierte Ed und tat beleidigt, während er versuchte, seine Verteidigung aufzubauen.

»Oder Melissa Holloway«, fügte Bill McGuire hinzu, doch er war sich nicht sicher, ob seine Worte Bill helfen oder ihm schaden würden.

Bonnie hob die Augenbrauen. »Melissa, wie? Es wird ja noch schlimmer, als ich dachte.«

»Das ist unfair«, begann Ed und hoffte, seine Frau in einen ganz anderen Boxring zu locken. »Es hat eigentlich die Merkmale einer sehr sexistischen Bemerkung.«

Bonnie verdrehte die Augen. »Ich kenne Melissa, und ehrlich gesagt, wenn ich eine Wette auf dich oder Melissa abschließen müßte, wer besser verhandeln kann, würde ich wohl auf sie setzen. Ich liebe dich sehr, Ed, aber ich habe das scheußliche Gefühl, daß du mehr für diese Kommode bezahlt hast, als du es hättest tun sollen.«

Ed sah eine hauchdünne Chance, zu entkommen, und nutzte die Gelegenheit, die Bonnie ihm bot. »Was hätte ich denn deiner Meinung nach zahlen sollen?«

Bonnie musterte ihren Mann, dann die Kommode, wieder ihren Mann, und schätzte, wieviel er bezahlt hatte. Hundert? Vielleicht zweihundert? Gewiß nicht mehr. Sie entschloß sich, ihm aus der Patsche zu helfen. »Vierhundert«, sagt sie, bereit, sein männliches Ego wiederherzustellen, indem sie sein kluges Feilschen pries, wenn er stolz erklärte, für wieviel weniger er die Kommode bekommen hatte. Als sie ihn zusammenzucken sah, wußte sie, daß sie falsch geraten hatte.

»Also gut.« Sie seufzte. »Die Wahrheit.«

»Tausend«, sagte Ed und konnte ihr dabei nicht in die Augen sehen.

Bonnie zuckte zusammen, doch dann erinnerte sie sich an das Entsetzen in Eds Augen, als sie das Hündchen gekauft hatten, das seine Tochter sich so sehr gewünscht hatte. Sie trat näher an den Wagen heran, zog eine der Schubladen der Kommode auf und berührte die verzahnte Handarbeit. »Du hast vielleicht tatsächlich einen guten Handel gemacht«, räumte sie ein. »Wenn du sie restauriert hast, kannst du sie bestimmt für das Doppelte verkaufen.«

Zum ersten Mal, seit sie aus dem Truck gestiegen waren, entspannte sich Ed Becker. »Na, was habe ich gesagt?« wandte er sich an Bill McGuire. »Selbst Bonnie erkennt, wie gut ein Stück ist.«

Zehn Minuten später, als Bill McGuire die Kommode von der Sackkarre losgeschnallt und Ed geholfen hatte, das schwere Stück in seine Werkstatt im Kellergeschoß zu transportieren, und dann nach Hause gefahren war, zog Ed die

Schubladen aus der Kommode, untersuchte jede und schätzte, wieviel Arbeit er haben würde, um der Kommode die Schönheit wiederzugeben, die sie vor hundert Jahren besessen hatte.

In der vierten Schublade entdeckte er den Mahagonikasten.

Er nahm ihn heraus, stellte ihn auf die Kommode und öffnete ihn, als seine Frau eben die Werkstatt betrat. »Mein Gott!« Er stieß einen leisen Pfiff aus. »Wann hast du zum letzten Mal so etwas gesehen?« Er hob das Stereoskop aus dem Kasten, hielt es behutsam mit beiden Händen und drehte es, um es von allen Seiten zu betrachten. »Perfekt«, sagte er. »Sieh mal – nicht ein einziger Kratzer.«

Bonnie nahm ihm das Instrument aus den Händen, hielt es an die Augen und spähte durch die Linsen, doch es war kein Bild zu sehen. Sie drehte an den Einstellknöpfen und dem Gestell, das die Bilder enthalten sollte. Es ließ sich leicht bewegen. Und genau wie Ed gesagt hatte, wiesen weder die Messingteile noch das Leder und Mahagoni, aus denen das Stereoskop konstruiert war, irgendeine Beschädigung auf. Mit etwas Politur würde das Messing glänzen wie neu, und das Leder würde nach nur ein paar Behandlungen mit einer Sattelseife wieder die alte Geschmeidigkeit haben. »Gibt es irgendwelche Bilder?« fragte sie.

»Ungefähr ein Dutzend«, erwiderte Ed. »Warum nimmst du sie nicht mit nach oben und zeigst sie Amy? Ich werde oben sein, sobald ich die übrigen Schubladen untersucht habe.«

»Halte nach weiteren Schätzen Ausschau«, riet Bonnie, als sie zur Kellertreppe ging. »Wer weiß? Vielleicht hat irgendein Irrer ein Vermögen darin versteckt!« Sie wich lachend einem gespielten Fausthieb von Ed aus und ging mit dem Mahagonikasten und dem Stereoskop die Treppe hinauf.

Zwanzig Minuten später, als Ed zu Bonnie und Amy ins Wohnzimmer kam, waren seine Frau und Tochter in die Betrachtung von Bildern vertieft. Als er näher trat, überreichte Bonnie das Stereoskop Amy. »Was ist auf diesem Bild?« hörte Ed sie fragen.

Amy hielt das Stereoskop an die Augen und spähte durch die Linsen. »Mein Zimmer«, sagte sie.

»Wie bitte?« fragte Ed. »Was hat sie da gesagt?«

»Ihr Zimmer«, antwortete Bonnie. »Das ist auf dem Bild.«

Ed runzelte die Stirn und ging zu der Couch, auf der seine Frau und Tochter saßen. »Wovon redest du?«

Bonnie schaute sich das Bild an. »Es ist merkwürdig, aber alle Bilder sehen aus, als wären sie aus diesem Haus.«

Eds Stirnrunzeln vertiefte sich. »Aber das ergibt keinen Sinn«, begann er. »Warum sollten sie ...«

»Ich habe nicht behauptet, daß es einen Sinn ergibt«, unterbrach Bonnie. »Eigentlich meine ich ...« Sie hätte beinahe gesagt, daß sie es äußerst unheimlich fand, aber sie erinnerte sich gerade noch rechtzeitig, daß Amy nie etwas entging, das einer von ihnen sagte. »Ich meine, es ist einfach ein Zufall«, sagte sie und blickte anzüglich zu Amy, die immer noch durch das Stereoskop spähte. »Laß deinen Vater mal schauen«, sagte sie.

Widerstrebend gab Amy das Stereoskop ihrem Vater, und Ed hielt es an die Augen. Er sah nur ein großes Zimmer, das in viktorianischem Stil eingerichtet war. »Das sieht überhaupt nicht nach Amys Zimmer aus«, sagte er.

»Nicht so, wie es heute aussieht«, stimmte Bonnie zu. »Aber sieh dir dieses Bild an.« Sie nahm die Karte aus dem Bildhalter des Stereoskops und ersetzte sie durch eine andere. »Sieh dir den Kamin, die Bücherregale, die Fenster und die Tür an. Achte mal nicht auf die Möbel.«

Ed blickte durch die Linsen auf das dreidimensionale Bild eines viktorianischen Wohnzimmers, das mit Polstermöbeln und Tischen, Nippsachen und verzierten Lampen mit fransenbesetzten Schirmen überfüllt war. Aber als er die Möbel nicht beachtete und sich auf die Merkmale des Zimmers selbst konzentrierte, erkannte er, daß es vage vertraut wirkte. Dann sah er es klar.

Wenn man sich die Tapete mit dem komplizierten Muster und die dicken Samtvorhänge wegdachte, den Holzarbeiten etwas mehr Farbe gab und das Zimmer komplett neu möblierte, würde es genau das sein, in dem er saß.

Bonnie schob ein anderes Bild in den Bildhalter, und Ed Becker erkannte schnell eine frühere Version seines eigenen Eßzimmers.

Sie wechselte das Bild von neuem, und er sah den Hof, als die Bäume kleiner und die Verschalungsbretter von einer dunkleren Farbe gewesen waren als dem jetzigen hellen Grau.

Schließlich kehrte er zu dem Bild zurück, das Amy betrachtet hatte, als er ins Wohnzimmer gekommen war. Jetzt sah er, daß es tatsächlich das Zimmer seiner Tochter zeigte. Das Zimmer seiner Tochter, wie es gewesen sein mochte ... wann?

Vor hundert Jahren?

Fünfzig?

Er wußte, daß er das herausfinden mußte.

4

Steve Driver war ernsthaft beunruhigt. Seine Sorgen hatten sich vervielfacht, seit Charlie Carruthers am Mittwoch morgen bei den Wagners ihre Post hatte ausliefern wollen und festgestellt hatte, daß die Tür weit offenstand und das Haus anscheinend verlassen war. Es hatte nichts geholfen, daß der alte Charlie ihn nicht sofort gerufen hatte, sondern seinem Gefühl gefolgt und ins Haus gegangen war, wo er Clara Wagner halb tot in ihrem Rollstuhl und Germaine zerquetscht unter dem Aufzug gefunden hatte. Indem er Clara aus dem Aufzug geholfen hatte – verständlicherweise –, hatte er vielleicht die Spuren von einem Einbrecher zerstört. Beweise, die vielleicht die Plappermäuler zum Verstummen gebracht hätten, die in zunehmendem Maße behaupteten, daß Rebecca Morrison irgendwie schuld an den Ereignissen war.

Die junge Frau war praktisch spurlos von dem Planeten verschwunden. Gott wußte, daß er, Steve Driver, und Oliver, Bill McGuire, Ed Becker und ein Trupp anderer Freiwilliger aus Blackstone und sogar der Umgebung in der Nacht von Mittwoch auf Donnerstag und noch einmal den ganzen gestrigen Tag nach Rebecca gesucht hatten, bis sie aufgegeben hatten.

Driver war vollkommen überzeugt davon, daß Germaine Wagners schrecklicher Tod ein verrückter Unfall gewesen war – obwohl er immer noch keine Theorie hatte, um zu erklären, warum sie überhaupt im Aufzugschacht gewesen war –, aber er hatte keine Antworten für diejenigen, die behaupteten, daß Rebecca etwas damit zu tun haben mußte. Sie fragten, warum sie fortgelaufen sei, wenn sie unschuldig war? Zweifellos hatte sich eine furchtbare Szene in Germaines Schlafzimmer abgespielt, aber alles wies darauf hin, daß Germaine allein gewesen war, was auch immer dort passiert sein mochte. Der Coroner des County – eine Frau mit der Fähigkeit, selbst den geringsten Hinweis auf einen Kampf zu finden – hatte bei der Untersuchung der Leiche nichts entdeckt, das Rebecca Morrison oder sonst jemand belasten konnte. Nichts war unter Germaines Fingernägeln gefunden worden, keine verräterischen Haare oder fremde Fasern an ihrer Kleidung.

So fand Steve Driver wie jeder andere in Blackstone keine Erklärung für Rebeccas Verschwinden. Wenn sie von demjenigen entführt worden war, der Germaine ermordet hatte, wie hatte es der Mörder geschafft, keine Spuren zu hinterlassen?

Und wenn Rebecca Germaine getötet hatte und dann geflüchtet war, warum hatte sie nichts mitgenommen? Und warum hatte sie die Tür weit offengelassen, ein deutliches Signal für die erste Person, die vorbeikam, daß im Haus etwas nicht in Ordnung war?

Rebecca war fort, er hatte keine Spuren und keinen Anhaltspunkt, und mit jeder Stunde wurden die Gerüchte schlimmer. Als er jetzt von seinem Büro zur Bank ging, überlegte er, wie er die Befragung am besten durchführen sollte. Sollte er seine Fragen vor jedermann stellen, wobei ein paar Leute sie vielleicht mithören oder ihm von den Lippen ablesen konnten, oder sollte er diesen Teil der Ermittlungen diskret durchführen und so jeden über seine Fragen mutmaßen lassen? Er wußte, daß das Gespräch eigentlich vertraulich stattfinden sollte, aber es war ihm ebenfalls klar, daß in Orten wie Blackstone eine gewisse Überzeugung herrschte: Leute, die hinter geschlossenen Türen redeten, hatten etwas zu verbergen, und ihre Gespräche gaben automatisch Anlaß zu Spekulationen.

Dennoch war es besser, die Regeln zu befolgen, selbst wenn das zu noch mehr Gerede führen würde.

»Ich habe mich schon gefragt, wann Sie kommen«, sagte Melissa Holloway und erhob sich hinter ihrem Schreibtisch, als Ellen Golding Driver in das Büro führte, in dem Melissa jetzt an Jules Hartwicks Stelle saß. »Und ich glaube, ich weiß, was Sie wollen.«

»Bewegungen auf Rebecca Morrisons Konten«, sagte Driver und ließ sich in einen Sessel vor Melissas Schreibtisch sinken.

Er überreichte ihr eine Kopie des Gerichtsbeschlusses, den er heute morgen erhalten hatte und in dem die Bank zur Kooperation aufgefordert wurde.

»Keine bis gestern nachmittag«, sagte Melissa.

»Sie haben das bereits überprüft?«

Melissa nickte. »Mir kam in den Sinn, daß Rebecca Geld braucht, wenn sie wirklich auf der Flucht ist. Und sie hat keinen Cent angerührt.«

»Nichts?« fragte Driver. »Sind Sie sicher?«

»Ich werde es noch einmal überprüfen.« Melissa wandte sich der Tastatur ihres Computers zu und tippte schnell. »Aber bis gestern gab es keine Abhebungen in bar, keine Überweisungen per Scheck oder Karte.« Sie schwieg einen Moment lang, als der Bildschirm zum Leben erwachte, musterte die Angaben und wandte sich dann wieder an den Deputy Sheriff. »Immer noch nichts.«

Driver wußte, daß Rebecca nicht viel Bargeld zur Verfügung gehabt haben konnte, denn selbst wenn sie einen Sparstrumpf im Haus gehabt hatte, war alles in Flammen aufgegangen, als das Haus ihrer Tante abgebrannt war. Und die paar Wochen, in denen sie bei den Wagners gewohnt hatte, reichten nicht aus, um neue Reserven anzusparen. »Um ehrlich zu sein, ich kann mir einfach nicht vorstellen, daß Rebecca vor irgend etwas wegläuft.« Driver seufzte. »Ich kenne sie. Wenn sie Germaine etwas angetan hätte, dann hätte sie mich selbst angerufen.«

»Was ist dann geschehen?«

»Wenn ich es wüßte, wäre ich nicht hier«,

bemerkte Driver mürrisch. »Es ergibt einfach keinen Sinn. Es gibt keinen Beweis für einen Einbruch, und selbst wenn es dem Einbrecher gelungen wäre, keine Spuren zu hinterlassen, kann ich nicht glauben, daß Rebecca nicht Zeter und Mordio geschrien hätte.«

»Oder gegen einen Einbrecher gekämpft hätte«, fügte Melissa hinzu, als Steve mit einem Kopfschütteln, das seine Ratlosigkeit und Frustration verriet, aufstand und die Befragung beendete. »Vielleicht ist es der Fluch, von dem Edna Burnham schwafelt«, fuhr Melissa fort und erhob sich lächelnd, um Driver aus dem Büro ins Vorzimmer zu begleiten. Dann sah sie Drivers Miene und entschuldigte sich schnell. »Das war nur ein Scherz«, beteuerte sie. »Aber kein sehr lustiger, oder?«

»Stimmt«, sagte Driver. »Überhaupt kein lustiger.«

Die Restaurierung der Eichenkommode erwies sich als ein größeres Projekt, als Ed Becker gedacht hatte. Als ein viel größeres. Er war gleich nach dem Abendessen in die Werkstatt im Keller gegangen und hatte geschätzt, in ungefähr einer Stunde die Kommode auseinandernehmen zu können. Aber nach über zwei Stunden mühte er sich immer noch mit dem oberen Teil ab.

Von den achtzehn Schrauben, mit denen die Platte auf die Kommode geschraubt war – eine

Zahl, die Ed ursprünglich als ein Zeichen für ›die Art handwerklichen Könnens, die man heute nicht mehr sieht‹ betrachtet hatte –, waren erst elf entfernt. Inzwischen war das ›handwerkliche Können‹, das Ed nur ein paar Stunden zuvor bewundert hatte, zu ›der Art Wahnsinn geworden, in den nur ein Idiot verfallen konnte!‹ Bevor Ed begann, auf die Schrauben zu fluchen, hatte Amy die Helferin ihres Papas gespielt, aber dann war sie von Bonnie nach oben gerufen worden, außer Hörweite seiner Flüche. In der letzten halben Stunde war er allein im Keller gewesen, und keiner konnte ihn besänftigen. Als er sich mit Schraube Nummer zwölf abmühte – deren Widerspenstigkeit ihn ganz zu besiegen drohte –, konzentrierte er sich so sehr auf seine Arbeit wie auf seinen kompliziertesten Fall als Anwalt, und deshalb hörte er nicht, als die Tür zur Treppe ins Kellergeschoß geöffnet wurde.

So war es ein Schock für ihn, als Rileys vierzig Pfund geballte Hundebegeisterung ihn voll erwischten.

Drei Dinge geschahen fast gleichzeitig.

Sein Kopf ruckte im Reflex herum und knallte gegen den Rahmen der Kommode.

Er landete auf dem Boden und stieß sich das linke Knie auf dem Beton.

Die Spitze des Meißels, den er mit der rechten Hand umklammerte, bohrte sich tief in seine linke Handfläche.

Jedes einzelne Ereignis hätte ausgereicht, um

Ed losbrüllen zu lassen; die Kombination aller drei, zusammen mit dem Frust, mit dem er bereits zu kämpfen hatte, ließ ihn vor Wut förmlich explodieren. »AMY!« schrie er. »Schaff diesen gottverdammten Köter hier raus. *Sofort!*«

Eine Sekunde später flitzte seine Tochter die Treppe herunter. »Riley! Komm, Riley! Sei ein guter Junge!« Sie schlang ihre Arme beschützerisch um das große Hündchen, das jetzt glücklich das Gesicht seiner Herrin ableckte. Amy blickte ihren Vater wütend an. »Er hat dir gar nichts getan. Er wollte nur lieb sein.«

»Mich interessiert nicht, was er sein wollte!« blaffte Ed, rappelte sich auf und preßte die rechte Hand auf die tiefe Wunde, die der Meißel in seine linke Handfläche gebohrt hatte. »Schaff ihn nur hier raus. Wenn du das Vieh nicht unter Kontrolle halten kannst, darfst du es nicht behalten!« Als Amy den Hund die Treppe hinaufführte, zitterte ihr Kinn, während sie gegen Tränen ankämpfte. Ed ging zum Waschbecken, um das Blut von der Hand abzuwaschen. Er stöberte nach etwas, mit dem er seine verletzte Hand verbinden konnte, als Bonnie die Treppe herunterkam.

»Um Himmels willen, Ed, was ist hier unten passiert? Amy weint und sagt, du hast gedroht, ihr Riley wegzunehmen!«

»Nun, wenn sie nicht auf ihn aufpassen kann ...«

»Sie ist noch keine sechs Jahre alt, Ed! Und

Riley ist noch nicht mal sechs *Monate* alt. Vielleicht solltest du lernen, dich zu beherrschen!«

Ed fuhr herum. »Und vielleicht ...« Aber als er sah, daß sich der Zorn in Bonnies Augen beim Anblick des Bluts, das aus seiner linken Hand quoll, in Besorgnis verwandelte, ließ auch seine eigene Wut nach. »Schon okay«, versicherte er hastig. »Ich habe mich mit dem Meißel gestochen, aber es ist nicht annähernd so schlimm, wie es aussieht.« Als Bonnie ein sauberes Tuch suchte, um seine verletzte Hand zu verbinden, versuchte er sich zu entschuldigen. »Es tut mir wirklich leid«, sagte er. »Du hast recht. Riley wollte mir nichts tun, und gewiß hat Amy keinerlei Schuld an allem. Ich ....«

»Gehen wir nach oben und verbinden wir die Hand, in Ordnung?« sagt Bonnie. Als sie an der Kommode vorbeikamen, starrte sie wütend darauf. Sie sagte sich, daß das verdammte Ding für die blutende Hand ihres Mannes verantwortlich war. »Zufällig habe ich etwas herausgefunden«, sagte sie. »Ich glaube, ich weiß, wie die Bilder in die Irrenanstalt gelangt sind.«

Ed schaute sie überrascht an. »Wir haben sie vor nur ein paar Stunden gefunden. Wie kannst du herausgefunden haben, woher sie stammen?«

»Durch Edna Burnham natürlich«, erklärte Bonnie. »Während du hier unten warst und dich mit deinen Spielzeugen beschäftigt hast ...«

»Es sind keine Spielzeuge«, unterbrach Ed. »Es sind Werkzeuge ...«

»Was auch immer«, sagte Bonnie. »Jedenfalls, während du damit herumgespielt hast, habe ich telefoniert. Und laut Edna Burnham hattest du einen ziemlich widerlichen Großonkel.«

Eine vage Erinnerung stieg in Ed auf. »Paul«, murmelte er, mehr zu sich selbst als zu Bonnie.

»Du meinst, Mrs. Burnham hat recht?« fragte Bonnie erstaunt. »Wer war er? Und was hat er getan?«

»Er war der Bruder meines Großvaters. Und ich weiß nicht, was er gemacht hat. Aber ich erinnere mich verschwommen, daß meine Mutter mir mal von ihm erzählt hat – daß ich Großvater nichts davon erzählen sollte, wenn jemand in der Schule etwas zu mir sagte. Aber keiner hat je etwas gesagt, und ich nehme an, ich vergaß alles über ihn.«

»Aber warum wurde er in die Irrenanstalt eingewiesen? Was hatte er?« setzte Bonnie nach.

Ed zuckte die Achseln. »Wer weiß? Vielleicht hat man ihn wegen irgendwas eingesperrt. Vielleicht hatte er einen Nervenzusammenbruch.«

»Oder vielleicht war er ein Massenmörder«, meinte Bonnie scherzhaft. »Schließlich muß deine Faszination für das Strafrecht ja irgendwoher kommen.«

Sie waren jetzt im Badezimmer, und Ed zuckte zusammen, als Bonnie das Tuch von seiner Wunde abzog und mit Seife und Wasser zu waschen begann. »Meinst du nicht, ich hätte davon erfahren, wenn er jemanden ermordet hätte?« fragte Ed. Doch dann sah er plötzlich vor seinem geistigen Auge seine Großeltern. Steife, gefühllose Leute, die Art Neuengländer, die nie im Traum daran gedacht hätte, die schmutzige Wäsche der Familie zu waschen, nicht einmal privat. Wenn sie einen solchen Verwandten gehabt hatten, dann hatten sie ihn niemals erwähnt. Vermutlich hatten sie vom Tag seiner Einweisung in die Irrenanstalt an seine Existenz verleugnet.

Die absonderliche Vorstellung, die Bonnie geweckt hatte, beschäftigte ihn den Rest des Abends. Was war, wenn sie recht hatte? Es war natürlich unwahrscheinlich, daß Onkel Paul ein Massenmörder gewesen war, aber was war, wenn er tatsächlich jemanden ermordet hatte? Vielleicht hatte er mehr über seinen Onkel gehört, als ihm jetzt bewußt in Erinnerung war.

Als Ed und Bonnie ein paar Stunden später zu Bett gingen, kramte Ed immer noch in seiner Erinnerung und suchte nach irgendeiner Information über seinen fast vergessenen Großonkel, aber was auch immer man ihm vielleicht früher erzählt hatte, war seither längst vergessen.

Alle Blicke im Gerichtssaal waren auf ihn gerichtet, und Ed Becker widerstand dem Wunsch, voller Vergnügen über das Unbehagen, das er bei dem Zeugen hervorrief, einherzustolzieren.

Ein Polizist saß auf der Zeugenbank, genau die

Art Cop, die Ed am meisten haßte: ein Detective Sergeant, der Typ, der davon ausging, daß jeder, den er festnahm, schuldig sein mußte, und der sich deshalb nur darauf konzentrierte, nach Beweisen zu suchen, die seinem Vorurteil Glaubwürdigkeit verliehen. Nun, diesmal würde das nicht klappen.

Diesmal hatte sich der Cop Eds eigenen Großonkel vorgenommen, und Ed wollte heute nicht nur die Anklage des Detective Sergeants zerstören, sondern auch seine Glaubwürdigkeit. Wenn Ed mit ihm fertig sein würde, dann würde der Detective nie wieder als Zeuge aussagen wollen, jedenfalls in keinem Gerichtssaal, in dem Ed Becker als Anwalt auftrat.

Und dieser Gerichtssaal war einer von Ed Beckers liebsten. Er war groß und gut belüftet und befand sich in der Ecke des Gerichtsgebäudes. Er hatte vier große Fenster, die heute alle geöffnet waren, damit die laue Frühjahrsbrise die Muffigkeit des Winters fortwehen konnte.

Aber auch in der Brise geriet der Zeuge vor Ed Becker ins Schwitzen. Wie ein Raubtier beim Angriff witterte Ed den Geruch nach Angst bei dem Detective.

Ed wandte sich kurz von dem Zeugen ab und schenkte seinem Großonkel Paul ein zuversichtliches Lächeln, um Paul Becker und jeden sonst im Gerichtssaal wissen zu lassen, daß der Prozeß praktisch schon gewonnen war. Wenn Ed mit diesem Zeugen fertig war, würde der Staat die

Anklage zweifellos völlig fallenlassen und das Verfahren einstellen.

Mit einem weiteren Lächeln, diesmal begleitet von einem fast väterlichen Zwinkern zu den Geschworenen, wandte sich Ed wieder dem Zeugen zu.

»Stimmt es, daß Sie absolut keinen schlüssigen Beweis haben, daß jemals ein Verbrechen begangen worden ist?« fragte er.

Die Miene des Zeugen wurde trotzig, und er preßte ärgerlich die Lippen aufeinander. »Wir haben Blut gefunden«, sagte er. »Eine Menge Blut.«

»Eine Menge?« fragte Ed, und seine Stimme triefte vor Sarkasmus. »Was meinen Sie mit einer Menge Blut? Eine Gallone? Eine halbe Gallone? Eine Viertel Gallone?« Als sich der Detective wand, setzte ihm Ed härter zu. »Wie wäre es mit einem Pint? Haben Sie ein Pint Blut gefunden?«

»Blutflecken«, sagte der Zeuge. »Wir fanden Blutflecken auf dem Messer des Angeklagten, auf seinem Bett und auf seinem Teppich.«

Ed neigte sich vor, bis sein Gesicht dicht vor dem des Zeugen war, der etwas zurückwich. »Sie haben also keine Menge Blut gefunden«, sagte Ed mit eisiger Stimme. »Sie haben nur ein paar Blutflecken gefunden.«

Plötzlich spürte Ed im Gerichtssaal, der totenstill sein sollte, weil jeder gespannt auf die nächste Frage wartete, eine Bewegung, der leises Lachen folgte.

Er fuhr herum und suchte nach der Quelle der Störung.

Und sah den Hund seiner Tochter, der von der Tür des Gerichtssaals über den Mittelgang trottete und etwas in der Schnauze hielt.

Eine Sekunde später erkannte Ed, was Riley trug. Es war ein Bein.

Ein menschliches Bein.

Am Fuß konnte Ed deutlich eine weiße Socke und einen Schuh aus Glanzleder sehen.

Vom anderen Ende des Beins, das am Oberschenkel abgeschnitten war, tropfte noch Blut.

Während Ed starr vor Entsetzen dastand und zuschaute, schob Riley die niedrige Barriere zwischen den Zuschauern und dem Gericht auf und hielt auf den Tisch der Verteidigung zu. Der Hund stellte sich auf die Hinterbeine, wedelte mit dem Schwanz und legte das blutige Bein auf den Tisch vor Paul Becker. Dann trottete der Hund aus dem Gerichtssaal.

Stille. Totenstille. Er spürte, daß aller Augen auf ihn gerichtet waren; sie warteten darauf, was er tun würde.

»Das bedeutet überhaupt nichts«, begann er, aber bevor er aussprechen konnte, setzte wiederum ein Raunen im Gerichtsaal ein, und Ed wandte sich um, obwohl ihm klar war, daß er einen Fehler beging, indem er auch nur hinsah.

»Ich nehme an, wir haben soeben etwas mehr Blut gefunden, Herr Anwalt«, hörte er den Zeugen sagen. Er fuhr zu dem Detective herum und starrte ihn wütend an.

»Das bedeutet nichts«, sagte Ed, doch seine Stimme klang schrill, selbst für ihn. »Der Hund kann das wer weiß wo gefunden haben ...« Aber jetzt hörte er, daß die Tür des Gerichtssaals aufschwang, und er wirbelte abermals herum und sah Riley, der von neuem über den Mittelgang kam.

Diesmal hielt der riesige Hund einen Kopf in der Schnauze und trug ihn, als bringe er eine Krone bei einer Krönungsfeier.

Der Kopf eines Kindes.

Der Kopf eines kleinen Mädchens.

Der Kopf des kleinen Mädchens, das Ed Becker laut Anklage getötet haben sollte.

Zorn stieg in Ed Becker auf, als er beobachtete, wie der Labrador den Kopf zu dem Tisch trug, an dem sein Großonkel saß.

Nein!

Er konnte es nicht zulassen.

Nicht, wo er so nahe am Ziel gewesen war!

Nicht, wenn er die Geschworenen in der Hand hatte und der Hauptzeuge der Anklage nahe dran war, zuzugeben, daß er überhaupt keinen Beweis hatte.

Wütend stürmte der Anwalt auf den Tisch der Verteidigung zu und hob den riesigen Hund von den Füßen. Während das Tier immer noch den Kinderkopf in der Schnauze hielt, trug Ed es zu einem der offenen Fenster und schleuderte es hinaus. Er war bereits im Begriff, sich abzuwenden, als er Hupen hörte, dem ein Schmerzgeheul folgte, das ihn erschauern ließ. Er wirbelte wieder herum, neigte sich aus dem Fenster und blickte nach unten.

Von dem Hund war nur noch eine formlose Masse von schwarzem Fell übriggeblieben, die sich vom Blut färbte, das jetzt aus der Schnauze sickerte.

Ein paar Schritte entfernt lag der Kopf, den der Hund getragen hatte, auf dem Bürgersteig und schien zu ihm heraufzustarren. Aber es war nicht mehr das Gesicht des kleinen Mädchens, das von seinem Onkel ermordet worden sein sollte.

Es war das Gesicht seiner Tochter.

Amys Gesicht.

Ein Schrei stieg in Eds Kehle auf. Er wandte sich vom Fenster ab, konnte keine Sekunde länger in die anklagenden Augen seiner Tochter blicken. Aber plötzlich hatte sich alles im Gerichtssaal verändert.

Er stand nicht mehr vor der Zeugenbank.

Jetzt saß er auf der Zeugenbank, und wohin er auch blickte, seine Tochter starrte ihn an.

Amy saß am Tisch der Anklage und schaute ihn mit verdammendem Blick an.

Amy saß auf der Richterbank, mit schwarzer Robe, und sprach Recht über ihn.

Amy war überall, füllte jeden Platz, stand an jeder Tür, beobachtete ihn aus jeder Richtung.

Sie wußte, was er getan hatte.

Sie hatte es gesehen.

Und jetzt klagte sie ihn an, machte ihm den Prozeß, urteilte und sprach ihn schuldig.

Er fuhr hoch. »Nein!« schrie er. »Nein!«

Plötzlich war Ed Becker hellwach, saß kerzengerade im Bett, und sein Körper war schweißbedeckt.

»Nein!« sagte er noch einmal, aber der Traum entließ ihn bereits aus seinem Griff. Er fühlte sich erschöpft und sank aufs Bett zurück.

Sein Herz hämmerte, und er rang keuchend um Atem.

»Ed?« Bonnie setzte sich auf und schaltete die Lampe auf ihrem Nachttisch an. »Ed, was ist passiert? Ist alles in Ordnung?«

Er schwieg lange, aber schließlich nickte er. »Ich – ich nehme es an. Es war nur ein Alptraum.«

Bonnie stemmte sich auf einen Ellenbogen. »Willst du mir davon erzählen?«

Ed zögerte, aber viele der Einzelheiten waren bereits verblaßt oder vergessen, und er konnte sich eigentlich nur noch genau an den letzten Moment erinnern, als überall Amy gewesen war, die ihn angestarrt und gewußt hatte, was er getan hatte. »Schlaf weiter, Schatz«, sagte er und umarmte seine Frau. »Es war nur ein Traum. Etwas von einem Prozeß, und ich glaube, ich habe Riley etwas angetan. Ich kann mich kaum daran erinnern.«

Bonnie schaltete die Lampe aus, und binnen

einer Minute hörte Ed an ihren regelmäßigen Atemzügen, daß sie wieder schlief.

Aber er lag lange wach in der Dunkelheit. Und selbst im Dunkel der Nacht sah er Amys anklagende Augen.

5

Oliver Metcalf schlief schlecht. Bilder flimmerten um ihn herum, als wäre er in einem Tollhaus; ganz gleich, wohin er sich wandte und drehte, er konnte ihnen weder entkommen noch sie deutlich sehen. Dennoch jagten sie ihm Angst ein, denn sie schwebten am Rande seines Blickfeldes, wurden nie völlig scharf und hatten allesamt etwas Vertrautes.

Etwas schmerzlich Vertrautes.

Er stöhnte bei der Anstrengung, sie nur zu *erkennen,* der leise gutturale Laut eines Mannes, der alle Kraft aufwendet, die er aufbieten kann, doch es war vergebens. Sosehr er es auch versuchte, er konnte die Bilder einfach nicht fassen, die um ihn herumschwebten wie Rauch vor Spiegeln.

Schließlich verkrampfte er vor lauter Ohnmacht und Enttäuschung seine Muskeln und erwachte plötzlich. Noch bevor er die Augen öffnete, wußte er, daß etwas Schreckliches passiert war.

Jeder seiner Knochen schmerzte vor Kälte.

Er öffnete blinzelnd die Augen, und sekundenlang war er überzeugt, noch in dem Alptraum gefangen zu sein, denn er sah ringsum nichts von dem vertrauten Anblick, mit dem er für gewöhnlich erwachte. Statt auf die Wände seines Schlafzimmers und die Zweige des Ahorns draußen vor dem Fenster starrte er auf die Silhouette der ehemaligen Irrenanstalt, die sich vor einem bleigrauen Himmel abzeichnete. Er war nicht in seinem Haus, sondern außerhalb.

Er schüttelte die letzten Spinnweben seines unruhigen Schlafs ab, setzte sich ganz langsam auf, streckte zuerst die Arme und dann die Beine.

Als er aufstand, wurde ihm klar, daß nicht nur seine Glieder schmerzten, sondern auch sein Kopf. Er wappnete sich gegen den quälenden stechenden Schmerz, der oftmals der ersten Attacke des Kopfschmerzes folgt, doch diesmal blieb der Anfall aus. Statt dessen ließ der dumpfe Kopfschmerz langsam nach und verschwand. Er ging zu seinem Haus, doch bevor er es betrat, verspürte er den Drang, noch einmal zu der Irrenanstalt zu schauen. Als er den Blick über das dunkle Gebäude schweifen ließ, das drohend oberhalb seines kleinen Hauses – und seines ganzen Lebens – aufragte, flimmerten die sonderbaren Bilder wieder vor ihm auf.

Aber was hatten sie zu bedeuten? Und wenn sie offenbar tief in seiner Erinnerung verwurzelt waren, warum konnte er sie dann nur als gespenstische Bruchstücke einer Vergangenheit abrufen, die sich vor ihm zu verstecken schien? Er wandte den Blick von dem Gebäude auf dem Hügel ab, schloß sorgfältig die Haustür hinter sich, ging in die Küche und setzte Kaffeewasser auf.

Während er wartete, bis das Wasser kochte, warf er einen Blick auf die Uhr: kurz nach sechs am Morgen. Viel zu früh, um Phil Margolis anzurufen, obwohl der Arzt ihn auch an einem Samstag besuchen würde. Aber warum sollte er den Doktor überhaupt anrufen? Was auch immer seine Kopfschmerzen verursachte, es war kein körperliches Problem: Die Untersuchung hatte das bewiesen.

Nein, es hatte etwas mit seinen Erinnerungen zu tun. Und mit der Irrenanstalt. Und mit seinem Vater.

Als er das kochende Wasser über das Kaffeemehl schüttete, erinnerte er sich an die Krankengeschichte, die er vor ein paar Tagen gelesen hatte – eine Krankengeschichte, die ihm gezeigt hatte, wie wenig er wirklich über seinen Vater wußte. Seither hatte er die meisten Akten gelesen, die er auf dem Speicher gefunden hatte, und festgestellt, daß sie Übelkeit erregende Ähnlichkeiten aufwiesen. Jahrelang waren die Patienten der Irrenanstalt den übelsten Behandlungsmethoden ausgesetzt gewesen, die unerträglich für sie gewesen sein mußten.

Und alle waren unter der Leitung seines Vaters durchgeführt worden.

Oliver schenkte sich geistesabwesend Kaffee ein und nippte daran, während er nachdachte.

Fast gegen seinen Willen ging er zum Fenster und blickte von neuem zu dem schmutziggrauen Steingebäude. Was hatte sich sonst noch darin abgespielt? Was war hinter seinen Mauern verborgen, das so grauenvoll war, daß es ihn davon abhielt, das Gebäude zu betreten? Noch während die Fragen in ihm aufstiegen, wußte er, wer die Antworten haben würde.

Er trank den Rest des Kaffees mit zwei großen Schlucken, mit denen er sich fast die Kehle verbrannte, nahm seine Jacke vom Haken neben der Tür zur Garage und stieg in seinen Wagen, bevor er sich anders besinnen konnte.

Fünf Minuten später hielt er vor dem großen Haus in der Elm Street, nur ein wenig westlich der Harvard Street, in dem sein Onkel das ganze Leben lang gewohnt hatte. Harvey Connally war im Elternschlafzimmer im zweiten Geschoß des Hauses im Cape-Cod-Stil geboren worden und hatte oftmals angekündigt, daß er im selben Zimmer auch sterben wollte. »Man kann durch die Welt reisen, wie man will«, hatte Harvey oft gesagt. »Aber wenn es ans Sterben geht, sollte man nicht weit von seiner Geburtsstätte entfernt sein.« Manche Leute in Blackstone fanden Harvey Connallys Entschlossenheit, im selben Bett zu sterben, in dem er geboren worden war, zwar ein wenig übertrieben, aber die altmodische Einstellung war typisch für die Stadt.

Das Haus war im Laufe der Jahre von der Straße aus so gut wie unsichtbar geworden. Es lag versteckt hinter einer Hecke, die lange nicht geschnitten und mehr als ein Sichtschutz geworden war. Doch immer wenn Oliver vorschlug, sie stutzen zu lassen, schüttelte sein Onkel den Kopf. »Nach meinem Tod kannst du damit machen, was du willst, aber jetzt läßt du sie noch in Frieden. Ich habe keinen Grund, zu sehen, was draußen vorgeht, und gewiß müssen andere Leute nicht mich sehen!«

Jetzt öffnete Oliver die Haustür mit seinem eigenen Schlüssel und rief nach seinem Onkel, als er die Halle betrat.

»In der Bibliothek«, rief der alte Mann mit seiner dünnen Stimme zurück. Einen Augenblick später, als Oliver die Bibliothek mit den vielen Büchern betrat – das Lieblingszimmer seines Onkels und auch das seine –, musterte Harvey Connally ihn mißtrauisch. »Ein bißchen früh für einen Höflichkeitsbesuch, findest du nicht?« fragte er. »Für gewöhnlich mixe ich die Martinis erst nach dem Sonnenuntergang.«

»Ich war mir nicht sicher, ob du schon auf bist«, gab Oliver zu.

»Ich bin mittlerweile immer um fünf auf«, erwiderte Harvey. »Ein alter Mann braucht nicht soviel Schlaf wie ein junger.« Als Oliver nichts erwiderte, nickte sein Onkel zu einem Silbertablett, das auf dem Tisch vor dem Ohrensessel stand, in dem er saß. »Bediene dich«, sagte er.

Als Oliver sich dampfenden Kaffee einschenkte, spürte er, daß sein Onkel ihn prüfend beobachtete, und als Oliver Platz nahm, äußerte der alte Mann seine Einschätzung. »Du siehst müde aus, Oliver. Kränklich. Als ob du schlecht geschlafen hättest.«

»Das habe ich«, bekannte Oliver. »Und ich

muß mit dir über etwas sprechen.« Obwohl sein Onkel nichts sagte, war Oliver überzeugt, daß sich die Haltung des alten Mannes veränderte und er wachsam und argwöhnisch wurde. »Es geht um meinen Vater«, fuhr Oliver fort. »Ich möchte wissen ...«

»Du brauchst nichts über diesen Mann zu wissen«, sagte sein Onkel schroff, und in seinen Augen blitzte Zorn auf. »Nach seinem Tod habe ich dich zu einem Connally erzogen, nicht zu einem Metcalf! Verstehst du? Zu einem Connally, wie deine Mutter! Wie ich! Je weniger über den Mann gesagt wird, der dein Vater war, desto besser.« Harvey Connally heftete den Blick so stechend auf Oliver, daß der jüngere Mann gewarnt war: Er betrat Boden, der noch gefährlicher war, als er erwartet hatte. Dennoch fuhr er fort.

»Ich muß über meinen Vater reden«, wiederholte er. Er wählte seine Worte sorgfältig und erzählte seinem Onkel von den Kopfschmerzen und den sonderbaren halben Erinnerungen, von denen sie anscheinend begleitet wurden.

»Du solltest mit Phil Margolis darüber reden«, grollte der alte Mann und senkte den Blick, während er sich tiefer in seinen Sessel drückte, fast als suche er Schutz vor seinem Neffen.

»Das habe ich getan«, entgegnete Oliver ruhig. »Und er konnte nichts finden. Aber es *muß* etwas geben, Onkel Harvey. Es gibt Dinge, an die ich mich nicht erinnern kann, obwohl ich mich daran erinnern müßte.«

Der alte Mann schnaubte ungeduldig. »Wenn du in mein Alter kommst, wirst du wissen, daß es einige Dinge gibt, an die man sich am besten *nicht* erinnert.«

Sein Blick blieb auf Oliver gerichtet wie der eines alten Wolfs, der einen jüngeren durch Anstarren aus der Fassung bringen will. Aber Oliver gab nicht nach.

»Ich muß es trotzdem wissen. Ich muß erfahren, was mit meinem Vater geschah. Und ich muß wissen, was mit meiner Schwester geschah.«

Harvey Connally musterte seinen Neffen ein paar Sekunden lang abschätzend. Schließlich gelangte er anscheinend zu einer Entscheidung. »Dein Vater hat Selbstmord begangen«, sagte er.

»Das weiß ich«, erwiderte Oliver. »Aber ich weiß nicht, warum. Hat ihm meine Mutter so sehr gefehlt?«

»Ich habe wirklich keine Ahnung«, sagte Harvey, und sein Tonfall verriet sein Widerstreben, überhaupt über das Thema zu reden. »Ich nehme an, das kann der Grund gewesen sein. Und ich nehme ebenfalls an –«, seine Stimme klang auf einmal härter, »– er kann es getan haben, weil die Vermögensverwalter entschieden, die Irrenanstalt zu schließen.«

Olivers Puls beschleunigte sich. »Ich dachte, die Entscheidung, die Anstalt zu schließen, wurde erst nach dem Tod meines Vaters gefällt.«

Harveys Lippen verzogen sich leicht zustimmend. »Es gab keinen Grund, dir etwas anderes zu erzählen«, sagte er.

»Sie haben ihn gefeuert, nicht wahr?« fragte Oliver. »Die Vermögensverwalter haben herausgefunden, was er getan hatte, und sie haben ihn entlassen.«

Abermals verzogen sich Harvey Connallys Lippen ganz leicht, aber er sagte nichts mehr.

»Und was war mit meiner Schwester?« fragte Oliver. »Was ist mit ihr geschehen?«

Harvey wandte seine Aufmerksamkeit von Oliver ab, als grübele er über etwas nach.

»Hatte mein Vater etwas mit dem Tod meiner Schwester zu tun?« fragte Oliver drängend.

Harvey Connallys Blick heftete sich wieder auf Oliver. »Ich weiß nur, was er mir gesagt hat.«

»Und was war das?« fragte Oliver. »Was hat er dir gesagt?«

Lange Zeit herrschte Stille in der Bibliothek. Schließlich brach Harvey das Schweigen, und obwohl er sehr leise sprach, schienen die Worte in Olivers Kopf zu explodieren wie Dynamit. »Es war deine Schuld«, sagte sein Onkel. »Es war nur ein Unfall, aber es war deine Schuld.«

Oliver sank sprachlos in seinem Sessel zusammen.

Amy Becker stemmte die Fäuste in die Hüften, während sie ihren Vater wütend anstarrte. »Warum darf ich nicht mitkommen?« fragte sie.

»Weil du dort nichts zu spielen hast und dich nur langweilen würdest«, sagt Ed. »Und ich werde nur ein paar Stunden fort sein. Wenn ich zurückkomme, können wir beide eine Wanderung machen. Vielleicht im Wald hinter der alten Anstalt. Das würde dir gefallen, nicht wahr?«

»Ich will mit dir ins Büro gehen«, beharrte Amy. »Ich will, daß du mir beibringst, wie man Anwalt wird!«

Ed hob seine Tochter an, bis sie auf Augenhöhe mit ihm war.

»Wenn du Anwältin werden willst, mußt du Jura studieren. Und das kannst du erst nach einem College-Abschluß. Und den bekommst du erst ...«

»Wenn ich die High School hinter mir habe, und die habe ich erst hinter mir, wenn ich die Grundschule hinter mir habe.« Amy schnitt eine Grimasse, als sie die vertraute Litanei vollendete, und tat, als wolle sie sich aus den Armen ihres Vaters winden. »Ich werde nie Anwältin werden!«

»Klar wirst du das«, sagte Ed und ließ sie hinab. »Es sei denn, du entscheidest dich für etwas Lustigeres, wie zum Beispiel Feuerwehrfrau oder Astronautin. Aber heute morgen schaue ich nur einige Papiere durch. Okay?«

Amy seufzte, als werde sie gebeten, die Last der ganzen Welt auf ihre kleinen Schultern zu nehmen, doch dann zuckte sie die Achseln. »Okay. Ich spiele mit Riley, bis du zurückkommst. Aber dann machen wir eine Wanderung durch den Wald. Du hast es versprochen!«

»Versprochen ist versprochen«, stimmte Ed zu und neigte sich vor, um seiner Tochter auf die Stirn zu küssen. Er richtete sich auf, als Amy zur Hintertür hinausflitzte. Dann ging er in die Küche, wo Bonnie das Geschirr vom Frühstück spülte. »Und vielleicht, wenn wir von der Wanderung zurückkommen ...«, begann er und drückte zärtlich die Lippen auf Bonnies Nacken, während er ihre Hüfte umfaßte und sie an sich zog.

»Immer diese Versprechungen«, erwiderte Bonnie und rieb sich an seinem Körper. »Versprichst du, daß du nur ein paar Stunden weg sein wirst?«

»Ich verspreche es«, sagte Ed in feierlichem Tonfall. »Ich muß nur das letzte Finanzierungspaket für das Center überprüfen, damit Melissa es an die Zentralbank weiterleiten kann. Das hätte ich gestern erledigen sollen«, fügte er mit einem verlegenen Lächeln hinzu, bevor Bonnie ihn daran erinnern konnte, daß er mehr Zeit mit der Kommode als mit seiner Büroarbeit verbracht hatte. Dann fügte er munter hinzu: »In einer Woche können wir hier vielleicht alle aufatmen.«

Bonnie seufzte.

»Das hoffe ich, aber manchmal frage ich mich, ob wir dieses schreckliche alte Gebäude nicht einfach abreißen sollten.«

»O Gott«, stöhnte Ed. »Jetzt fängst du auch noch an! Du klingst wie Edna Burnham!«

»Überhaupt nicht!« protestierte Bonnie. »Nun, vielleicht ein bißchen. Aber ich frage mich, ob die ganze Idee, aus einem Irrenhaus ein Einkaufszentrum zu machen, nicht ein wenig gruselig ist.«

»Es war Charles Connallys Haus, bevor es zu einer Anstalt für Geisteskranke wurde«, erinnerte Ed.

»Ich finde es *trotzdem* gruselig«, beharrte Bonnie. Dann lächelte sie. »Andererseits wird das Projekt jedem in der Stadt zu Brot und Arbeit verhelfen. Wen interessiert da schon, was ich finde? Mich selbst interessiert es ja nicht. Geh und erledige diesen Papierkram, und wir alle können unser gewohntes Leben fortsetzen.«

Ed gab Bonnie noch einen Kuß, diesmal auf den Mund, ging zur Garage hinaus und stieg in den Buick.

Wie stets, wenn er den Wagen startete, schaute er in den Rückspiegel, legte routinemäßig den Rückwärtsgang ein und gab leicht Gas.

Das Heck des Wagens ragte gerade aus der Garage, als Ed einen Schlag spürte, dem sofort ein schmerzliches Aufjaulen und dann ein Wutschrei folgten. Instinktiv trat er voll auf die Bremse, kuppelte aus und sprang aus dem Wagen. Sein erster schrecklicher Gedanke war, daß er irgendwie seine eigene Tochter angefahren hatte. Eine Sekunde später sah er jedoch Amy auf dem Zufahrtsweg stehen und erkannte, daß sie unverletzt war, und er atmete erleichtert auf. Seine Erleichterung ging jedoch in Entsetzen über, als er hörte, was Amy schrie.

»Du hast ihn umgebracht! Du hast Riley totgefahren!«

Ed sah die schwarze Masse, die halb versteckt unter dem Wagen lag, und sofort war er wieder in seinem Traum, stand am Fenster im Gericht und starrte auf den zerschmetterten Kadaver von Riley auf dem Asphalt unten, überfahren von einem Lastwagen.

Aber dies war kein Traum.

Und Amy, die sich jetzt neben ihren verletzten Liebling auf die Knie warf, schluchzte herzzerreißend.

»Nein!« keuchte Ed. »Ich wollte nicht ...« Seine Worte erstarben, als er sah, daß eines von Rileys Hinterbeinen zuckte.

Jetzt war Bonnie ebenfalls bei ihnen. Sie war aus der Küche gerannt, als sie die Schreie ihrer Tochter gehört hatte.

»Hilf mir«, sagte Ed. »Er ist nicht tot! Wenn wir ihn zu einem Tierarzt ...« Er ließ den Rest unausgesprochen und zog den Hund vorsichtig unter dem Wagen hervor. Der Hund winselte schwach, aber dann, als wolle er er sich für die Unannehmlichkeiten entschuldigen, die er verursachte, versuchte er, Eds Hand abzulecken. »O Gott, Riley«, sagte Ed schluchzend. »Es tut mir so leid. Ich wollte nicht ...«

»Der Wagen, Ed«, drängte Bonnie und zog ihren Mann sanft auf die Füße. »Bringen wir ihn in den Wagen und fahren los.« Sie öffnete die Hecktür. Ed legte den Hund auf den Rücksitz und ignorierte das Blut, das aus der Schnauze des Hundes auf das Polster sickerte. »Ich steige hinten ein und halte seinen Kopf«, sagte Bonnie. »Steig vorne bei deinem Vater ein. Und schnall dich an!« Dann sah sie das aschfahle Gesicht ihres Mannes. »Vielleicht sollte ich fahren«, schlug sie vor.

Ed schüttelte den Kopf. »Es geht schon.«

Keine fünf Minuten später hielt er auf dem mit Kies bestreuten Parkplatz vor dem Gebäude, in dem sich sowohl Cassie Winslows Praxis als auch ihre Wohnung befanden. Hinter dem Haus bellten ein halbes Dutzend Hunde und zwitscherten doppelt so viele Vögel. Noch bevor Ed aus dem Wagen stieg, tauchte die Tierärztin auf der Veranda auf.

»Es ist Riley, Dr. Winslow!« rief Amy, als sie auf der Beifahrerseite ausstieg. »Mein Vater hat ihn überfahren. Lassen Sie Riley nicht sterben! Bitte!«

Cassie Winslow eilte von ihrer Veranda und öffnete die Hecktür des Buick. Der Hund atmete flach, und seine Augen waren glasig. »Bringen wir ihn rein«, sagte sie. »Ed, gehen Sie voraus und öffnen Sie vor mir die Türen. Ich bringe Riley ins Haus.«

»Er ist schwer«, wandte Ed ein. »Ich kann ...«

»Ich habe ihn«, unterbrach Cassie mit fester,

aber beruhigender Stimme. »Bonnie, schauen Sie im Wartezimmer hinter dem Schalter nach einem Lutscher für Amy?« Sie hob den Hund mit einer Leichtigkeit an, die für eine so grazile Frau wie Cassie erstaunlich war, und folgte Ed durch das Wartezimmer und in das Untersuchungszimmer zwischen den Hundezwingern und dem Labor. Sie legte den Hund auf den Behandlungstisch und tastete ihn erfahren nach Knochenbrüchen ab.

»Was ist passiert?« fragte sie und blickte nur ganz kurz zu Ed auf, bevor sie sich wieder auf das leidende Tier konzentrierte.

Ed erklärte es schnell. »Wird er wieder gesund?« fragte er dann.

Cassie Winslow hob die Augenbrauen. »Ich bin mir noch nicht sicher«, sagte sie. »Ich weiß, daß ein Schulterblatt und mindestens drei Rippen gebrochen sind. Was innere Verletzungen anbetrifft, kann ich noch nicht ...« Sie verstummte, als Riley mit einem rasselnden Keuchen plötzlich zu zittern aufhörte und still lag. Cassie fühlte den Puls, schaute dem Labrador in die Augen und schloß sie dann behutsam. »Es tut mir leid«, sagte sie und blickte Ed an.

Mit zitternder Hand streichelte Ed über das Fell des großen Hundes.

»Es tut mir leid, Junge«, flüsterte er. »Es tut mir so leid.« Lange verharrte er völlig reglos, die Hand noch auf dem Hund, als könne die Berührung das Tier wieder lebendig machen.

Aber schließlich nahm er die Hand von Riley und ging zum Wartezimmer.

Als er über die Türschwelle trat und den Blick seiner Tochter sah, kehrte die Erinnerung an seinen Traum zurück, und die Stimme im Traum schrie ihn wieder an, wie jetzt die seiner Tochter.

»Du hast ihn umgebracht!« schrie Amy, die ihrem Vater sofort die Wahrheit ansah. »Du hast Riley totgefahren. Du hast meinen Hund totgefahren!«

Ed ging zu seiner Tochter, kniete sich neben sie und versuchte sie zu trösten, aber sie stieß ihn fort und schmiegte sich heftig weinend an ihre Mutter.

»Es war ein Unfall, Liebling«, sagte Bonnie leise und streichelte ihrer Tochter sanft übers Haar. »Dein Vater wollte das nicht. Es war nur ein Unfall. Er hatte nicht vor ...«

Aber als sie zu Ed aufblickte, erstarben die Worte auf ihren Lippen. Das Gesicht ihres Mannes war totenbleich.

»Ich habe es geträumt, Bonnie«, sagte er erstickt. »Gestern nacht habe ich geträumt, Riley zu töten.«

»Nein ...«, begann Bonnie, doch Ed fiel ihr ins Wort.

»Doch«, sagte er. »Ich habe es geträumt. Und jetzt ist es wahr geworden.«

Wortlos, verzweifelt bemüht, sich selbst einzureden, daß es keinen Zusammenhang zwischen dem Traum und dem Ereignis dieses Morgens gab, kniete Ed neben seiner Frau und Tochter und tat sein Bestes, um das Kind zu trösten, dessen Liebling er getötet hatte.

Aber es gab keinen Trost. Weder Trost für seine Tochter noch für Ed Becker.

6

Stille hing über dem Haus der Beckers, doch es war nicht die behagliche Stille, die sich oftmals über Häuser senkt, deren Bewohner glücklich und zufrieden miteinander sind. Dies war eine angespannte Stille, die Art Ruhe, in der Menschen nervös warten und wissen, daß etwas passieren wird, aber keine Ahnung haben, was es sein wird.

Bonnie hatte es schließlich geschafft, Amy ins Bett zu bringen, obwohl das kleine Mädchen behauptet hatte, daß sie ohne ihren Hund überhaupt nicht schlafen würde. Amy hatte sich sogar geweigert, ihrem Vater, mit dem sie den ganzen Tag über kein Wort gesprochen hatte, gute Nacht zu sagen. Bonnie hatte fast eine Stunde lang an ihrem Bett gesessen, und schließlich war Amy in unruhigen Schlaf gefallen.

Als Bonnie nach unten kam, lag Ed auf der Couch im Wohnzimmer und hatte die Füße auf den Couchtisch gelegt. Obwohl er auf den Fernseher blickte, war sie überzeugt, daß er nichts von dem Bild wahrnahm. Sie setzte sich neben ihn, ergriff seine Hand und drückte sie beruhigend. »Es war nicht deine Schuld«, sagte sie leise. »Ich weiß, daß es heute abend nicht danach aussah, aber Amy *wird* darüber hinwegkommen. Und wir kaufen ihr einen neuen Hund.«

Zuerst war sich Bonnie nicht sicher, ob ihr

Mann sie überhaupt gehört hatte, aber schließlich erwiderte er ihren Händedruck. »Ich weiß.« Er seufzte. »Aber am meisten macht mir zu schaffen, daß ich die ganze Sache gestern nacht geträumt habe, bevor sie geschah.«

Bonnie schüttelte den Kopf. »Unsinn, Ed. Es war nicht das gleiche wie in deinem Traum. Die Umstände waren völlig anders.«

Zum ersten Mal seit heute morgen brachte Ed ein Lächeln zustande, doch es war kaum mehr als eine gequälte Grimasse. »Jetzt klingst du wie ich in einem Gerichtssaal«, sagt er. »Ich konnte stets genug Haarspalterei betreiben, um den übelsten Schuft von dem Haken loszubekommen, an dem er hätte baumeln sollen.«

»Es war dein Job«, erwiderte Bonnie ohne große Überzeugung. Sie liebte ihren Mann, auch noch nach fast zehn Jahren Ehe, aber es gab einiges an ihm, was sie nicht verstand. Dazu zählte Eds Beharren darauf, daß jeder, ganz gleich, wie abscheulich seine Verbrechen auch sein mochten, die beste Verteidigung verdiente, die er bekommen konnte. *Die Anklage wird stets die Dinge gegen den Angeklagten auslegen,* hatte er ihr so oft gesagt, daß sich ihr die Worte unauslöschlich eingeprägt hatten. *Es ist meine Aufgabe, sie anders zu sehen, damit am Ende die Geschworenen versuchen können, ein faires Urteil zu sprechen.* Das Problem für Bonnie hatte stets darin bestanden, daß Ed so gut im Verdrehen der Tatsachen war, daß er oft Freisprüche für Leute erreicht hatte, die schuldig waren, wie sie beide wußten. Der Tropfen, der das Faß zum Überlaufen brachte, hatte einen so bitteren Nachgeschmack bei ihnen hinterlassen, daß sich Ed schließlich entschieden hatte, seine Anwaltspraxis für Strafrecht in Boston aufzugeben und nach Blackstone und zu einer sehr stillen Praxis für Zivilrecht zurückzukehren. Er hatte einen Freispruch für einen Angeklagten erreicht, der beschuldigt worden war, drei Kinder ermordet zu haben. Ed hatte die Geschworenen überzeugt, daß die Polizei dem Mann die Morde irgendwie in die Schuhe geschoben hatte. Am Tag nach dem Freispruch war Eds letzter Mandant losgezogen und hatte ein viertes Kind umgebracht.

»Und ich war gut in meinem Job«, sagte Ed jetzt. »Zu gut, wie wir beide wissen. Aber die nackte Tatsache ist, daß ich in der vergangenen Nacht geträumt habe, Riley zu töten, und es heute morgen tat. Du kannst die Tatsachen nicht ändern.«

»Bei Träumen handelt es sich nicht um Tatsachen«, beharrte Bonnie. »Träume sind nur ein unbewußtes Beseitigen von Müll, nachdem man zu Bett gegangen ist.«

»Selbst wenn du recht hast, fühle ich mich dadurch kein bißchen besser.«

»Nun, ich werde nicht mit dir hier herumsitzen und die ganze Nacht mit dir streiten«, sagte Bonnie. »Ich werde zu Bett gehen. Willst du mitkommen?«

Ed schüttelte den Kopf. »Ich bleibe noch ein wenig auf. Vielleicht gehe ich sogar runter und arbeite noch ein paar Stunden an der Kommode.«

Bonnie gab ihm einen Kuß. »Wie du willst. Aber was du auch machst, hör mit dem Grübeln auf. Es wird schon alles in Ordnung kommen.«

Als Bonnie fort war, nahm Ed die Fernbedienung, um den Fernseher abzuschalten. Da fiel sein Blick auf das alte Stereoskop, das sie in der Kommode zusammen mit den Bildern gefunden hatten. Er ignorierte den Fernseher, nahm das Stereoskop und die Bilder vom Couchtisch und streckte sich auf der Couch aus, damit das Licht der Tischlampe voll auf die verblichenen Bilder fiel, die auf die Karten gedruckt waren. Er schob die erste Karte in den Bildhalter und drehte an der Einstellung, bis das Bild scharf wurde.

Es zeigte Amys jetziges Kinderzimmer, doch auf dem Bild ähnelte es nur wenig dem Zimmer, in dem seine Tochter im Augenblick schlief. Es sah auch nicht wie etwas aus, an das er sich erinnerte, als er ein Junge gewesen war und seine Großeltern noch in diesem Haus gewohnt hatten.

Es war jedoch etwas Vertrautes daran, das ihm das Gefühl gab, irgendwo tief in seinem Innern eine Erinnerung an das Zimmer zu haben, wie es auf dem Bild war. Er betrachtete das Bild ein paar Minuten lang und schob dann ein anderes ein.

Abermals hatte er das Gefühl, eine Erinnerung gerade jenseits seines Bewußtseins zu erahnen, aber wieder konnte er sie nicht ganz erfassen und in helleres Licht ziehen, um sie zu untersuchen.

Ed betrachtete nach und nach alle Bilder und kehrte schließlich zu dem Bild des Zimmers zurück, in dem er sich gerade aufhielt – das Wohnzimmer. Auch hierbei hatte er das Gefühl, es schon einmal gesehen zu haben, doch schließlich konnte er bei diesem Bild die Quelle für sein unheimliches Gefühl ergründen: Zwei der Möbelstücke – ein kunstvoll verziertes Sofa in viktorianischem Stil und ein Queen-Anne-Sessel – hatten in diesem Zimmer gestanden, als er ein kleiner Junge gewesen war.

Ed schaute immer noch auf das Bild und schlief langsam ein.

Er war wieder im Keller und arbeitete an der Kommode.

Er zog eine Schublade auf und fand ein Stereoskop, genauso eines wie oben. Es war eine Bildkarte darin, und Ed nahm das Instrument und spähte durch.

Diesmal erblickte er kein vertrautes Zimmer, sondern eine Szene, in der sich ein Mann über eine Frau neigte, fast als wolle er Sex mit ihr. Aber der Mann hielt ein Messer in der Hand, und als Ed darauf starrte, wurde die Klinge rot. Dann sah er, daß aus dem Oberkörper der Frau Blut aus mindestens einem Dutzend Wunden quoll.

Plötzlich wurde das Gesicht des Mannes schärfer, und Ed erkannte es als das des Mannes, den er vor einem Jahrzehnt verteidigt hatte.

Ein Mann, der ein Dutzend Mal auf seine Frau eingestochen und sie dann liegengelassen hatte – immer noch bei Bewußtsein –, damit sie verblutete.

Er erschauerte bei dem Anblick, legte das Stereoskop zurück in die Schublade und rammte sie zu, doch als er eine andere Schublade aufzog, fand er ein weiteres Stereoskop. Diesmal zögerte er und wollte das Instrument nicht nehmen, doch seine Hand schien sich wie aus eigenem Willen darum zu schließen. Das Bild zeigte ein Fastfood-Restaurant. Einen Augenblick lang war er erleichtert, als er auf die Szenerie von Familien schaute, die an den Tischen saßen und Hamburger und Fritten aßen. Aber dann veränderte sich das Bild – wie das zuvor –, und die glücklichen Gesichter der Kinder verwandelten sich in Masken des Entsetzens. Das schwarzweiße Bild wurde zu seinem Negativ. Ein greller Blitz, und dann wanden sich Körper am Boden, und Blut spritzte aus Armen, Beinen und Oberkörpern. Das Blut Unschuldiger.

Ed hatte vor sechs Jahren den Mann verteidigt, der unvermittelt in der Tür dieses Restaurants aufgetaucht war und mit einem Automatikgewehr in weniger als zehn Sekunden ein Dutzend Menschen getötet und zwei Dutzend weitere verletzt hatte. Geschützt durch die Schweigepflicht seines Anwalts, hatte der Mann ruhig und ohne Reue Ed erzählt, daß er es einfach getan hatte, weil »zu verdammt viele Leute in dem Lokal waren und ich es satt hatte, sie zu sehen«. Nicht schuldig wegen Unzurechnungsfähigkeit. Eds Magen verkrampfte sich. Er knallte die zweite Schublade zu. Er wollte aufstehen und von der Kommode fortgehen, doch es war unmöglich – etwas darin zwang ihn, weiterhin Schubladen zu öffnen, die Stereoskope herauszunehmen und die Greueltaten zu betrachten, die seine Mandanten begangen hatten.

Es gab scheinbar unendlich viele Schubladen, aber schließlich schloß er die letzte. Nachdem er die letzte grausige Szene betrachtet und sich noch einmal den Täter angesehen hatte, den er aus den Händen der Gerechtigkeit gerissen hatte, konnte er sich endlich von der Kommode abwenden.

Er drehte sich um – und sah vor sich den Mann, den er in seinem Traum in der vergangenen Nacht verteidigt hatte.

Sein Großonkel starrte ihn mit den Augen eines Wahnsinnigen an. In den Händen hielt er eine doppelläufige Schrotflinte. Paul Becker hob die Waffe an und zielte auf Ed. »Du hast sie freibekommen«, sagt er. »Du hast jeden von ihnen freibekommen! Jeden außer mir!«

Ed beobachtete, wie Paul Becker wie in Zeitlupe feuerte. Ein Donnern erfüllte den Keller, und plötzlich war überall Blut. Ed konnte es fühlen, heißes und klebriges Blut, das aus der klaffenden Wunde in seinem Bauch quoll, die von der Ladung der Schrotflinte gerissen worden war. Er spürte, wie das Blut an seinem Körper hinunterrann und zu seinen Füßen eine Lache bildete. Irgendwie war das Blut bereits durch das Kellergeschoß geflossen. Es bedeckte den Boden und die Balken an der Decke. Von jeder Oberfläche tropfte es.

Sein Blut. Und das Blut von jedem Opfer aller Mörder, die er jemals verteidigt hatte.

Jetzt legte Großonkel Paul die Schrotflinte ein zweites Mal an und zielte auf ihn, aber diesmal hob Ed die Hände und schrie: »Nein! Es tut mir leid! O Gott, es tut mir leid!«

Es war der Klang seiner eigenen Stimme, der Ed Becker aus dem Alptraum riß. Er schreckte hoch auf der Couch, und das Stereoskop fiel auf den Boden.

Er starrte lange darauf. Dann hob er es auf. Die Karte, die er in den Bildhalter geschoben hatte, bevor er eingeschlafen war, steckte noch darin, und er hob das Instrument zu einem letzten Blick an die Augen. Aber als die Erinnerung an die blutigen und grauenvollen Bilder aus dem Traum zurückkehrte, besann er sich sofort anders.

Er ließ das Stereoskop auf dem Tisch und ging nach oben ins Bett.

Aber der Traum verfolgte ihn immer noch, und er fand keinen Schlaf.

Geh zu Bett! sagte sich Oliver Metcalf. Geh einfach zu Bett und vergiß, was Onkel Harvey gesagt hat. Aber selbst als er die Worte stumm zum x-ten Mal wiederholt hatte, wußte er, daß er sie nicht befolgen würde. Den ganzen Tag lang hatte er versucht, die Worte seines Onkels aus seinem Kopf zu verbannen, und es war ihm nicht gelungen.

Deine Schuld ... es war deine Schuld.

Aber wie war das möglich? Er war erst vier Jahre alt gewesen. Wie hätte er mit vier Jahren etwas tun können, das seine Schwester umgebracht hatte? »Dein Vater sagte nur, daß ihr irgendwie an ein Messer herangekommen seid.« Harvey Connally legte eine Pause ein, als krame er in der Erinnerung. »Ihr habt damit gespielt. Einer von euch muß gestolpert sein, und die Klinge ...« Harvey Connally verstummte für einen Moment, und dann zwang er sich, seinem Neffen das wenige, was er wußte, zu Ende zu erzählen. »Die Klinge fuhr deiner Schwester in den Hals. Offenbar bist du erschrocken und hattest so große Angst, daß du dann fortgelaufen bist und das Messer versteckt hast.«

Den ganzen Tag lang hatte Oliver geglaubt, die Worte seines Onkels immer und immer wieder zu hören, und langsam begriff er, was mit ihm geschehen war. Die Lücken in seiner Erinnerung ergaben plötzlich einen Sinn – selbst jetzt, nach so vielen Jahren, erschauerte er, als er vor seinem geistigen Auge zwei kleine Kinder mit einem

Messer spielen sah, und als er sich vorstellte, daß sich die Klinge in den Hals seiner Schwester bohrte, war sein Entsetzen so groß, daß er den Gedanken nicht einmal in seiner Phantasie weiterführen konnte.

Wie mußte es gewesen sein, als er nur vier Jahre alt war?

Kein Wunder, daß er es aus seiner Erinnerung ausgelöscht hatte, es vor sich selbst versteckt hatte wie damals das Messer vor seinem Vater und jedem sonst, der danach gesucht hatte.

Jetzt konnte er auch begreifen, weshalb ihn die Leute sein Leben lang so sonderbar angeschaut hatten. Obwohl sein Onkel behauptet hatte, daß Malcolm Metcalf nie irgend jemandem erzählt hatte, was geschehen war, und Mallorys Tod offiziell als Unfall betrachtet worden war, hatte es bestimmt so viele Gerüchte über den Tod seiner Schwester gegeben wie über das, was im Haus der Wagners passiert war.

Wie so oft seit Rebeccas Verschwinden sah Oliver sie vor seinem geistigen Auge. Seit ihrem mysteriösen Verschwinden verspürte er eine Leere in sich, die mit jedem Tag größer wurde. Auch sein Gefühl der Hilflosigkeit war gewachsen, als ihm klargeworden war, daß er nichts – überhaupt gar nichts – tun konnte, um ihr zu helfen.

Aber von einem war er völlig überzeugt gewesen: Wenn Rebecca gefunden wurde – und er mochte gar nicht daran denken, daß man sie vielleicht nicht fand –, dann würde er sie fragen, ob sie seine Frau werden wollte.

Aber jetzt hallten die Worte seines Onkels in ihm nach, und er wußte, daß er Rebecca – wenn sie zurückkehrte – nicht fragen konnte. Nicht, bevor er die Dämonen nicht verbannt hatte, die zu den unerträglichen Kopfschmerzen und den erschreckenden Lücken in seiner Erinnerung geführt hatten. Heute morgen hatte er endlich die Herkunft dieser Dämonen erfahren.

Und der Grund, warum er es nicht geschafft hatte, zu Bett zu gehen, war klar: Er wußte, daß der Zeitpunkt gekommen war, an dem er den Dämonen gegenübertreten und sie besiegen mußte.

Irgendwann im Laufe des Tages hatte er langsam den Grund erkannt, warum er es nicht über sich bringen konnte, die Irrenanstalt zu betreten: die Gewißheit, daß der ›Unfall‹, das Grauenhafte, das Mallory widerfahren war, innerhalb dieser dunklen Mauern passiert sein mußte. Von dem Moment an, in dem ihm das klargeworden war, wußte er, daß er keinen Schlaf finden würde, bevor er nicht dieses Eichenportal durchschritten haben würde. Als der Nachmittag verging und das Tageslicht in Dunkelheit überging, verließ ihn jedoch der Mut. Als jetzt die Uhr unten Mitternacht schlug, wußte Oliver, daß er es nicht länger hinausschieben konnte.

Er mußte heute nacht die Irrenanstalt betreten oder für immer die Hoffnung aufgeben, die

Dämonen zu vernichten, die ihn verfolgten.

Für immer die Hoffnung auf Rebecca aufgeben.

Er zog eine Jacke an und nahm seine Taschenlampe und vom Haken neben seiner Tür den Schlüssel vom Portal der Irrenanstalt. Er zögerte, doch schließlich zog er die Haustür auf und blickte zu dem dunklen Gebäude, das fünfzig Meter entfernt auf dem Hügel aufragte.

Das schwarze, stille Gebäude hob sich vom Nachthimmel ab wie ein großes brütendes Monster, jetzt ruhig, jedoch bereit, sofort zum Leben zu erwachen, wenn es eine unwillkommene Anwesenheit spürte. Oliver ging vorsichtig den Pfad hinauf und trat leise auf, als könne das Knirschen von Kies unter seinen Schritten das Böse wecken, das in den geschwärzten Mauern lauerte.

Am Fuß der Treppe zum Portal zögerte er von neuem. Es kündigten sich bereits Kopfschmerzen an. Als er die Treppe hinaufstieg und den Schlüssel ins Schloß schob, wurde er von den ersten Schmerzwellen erfaßt. Oliver kämpfte dagegen an, schob den Flügel des schweren Eichenportals auf und trat ein.

Er schaltete die Taschenlampe ein und leuchtete in die Dunkelheit.

Wohin? Wohin sollte er gehen?

Aber noch während er sich die Frage stellte, drang eine lang begrabene Erinnerung aus seinem Unterbewußtsein und führte ihn durch das

Labyrinth der Räume, bis er vor einer Tür stehenblieb.

Sie unterschied sich in nichts von den anderen Türen, doch er wußte, daß sich dahinter die Räume des Büros seines Vaters befunden hatten. Mit zitternder Hand drehte er den Griff und schob die Tür auf.

Noch auf der Türschwelle ließ er den Strahl der Taschenlampe durch den Raum streichen und suchte jeden Winkel nach einer Bedrohung ab, die im Dunkeln lauern mochte.

Aber der Raum war leer.

Sein Herz hämmerte, und in seiner rechten Schläfe pochte es dumpf. Oliver zwang sich, einzutreten.

Unbewußt hielt er den Atem an.

Nichts.

Nur drei kahle Wände, von denen vor langer Zeit die Bilder entfernt worden waren, und eine vierte Wand mit leeren Bücherregalen.

Er hatte überhaupt keine richtige Erinnerung an diesen Raum, doch sein Gefühl sagte ihm, daß er größer sein sollte, als er war. Aber er war als kleiner Junge zum letzten Mal darin gewesen, und sicherlich hatte der Raum auf ihn riesig gewirkt.

Jetzt sah er klein und schäbig aus.

Oliver ging zu einer Tür, die in den angrenzenden Raum führte, und verharrte. Er kramte in seiner Erinnerung nach einem Hinweis, was dahinter sein mochte, aber er fand keinen.

Schließlich drehte er den Griff und zog die Tür auf.

Der Strahl der Taschenlampe fiel auf ein Badezimmer.

Ein großes, gekacheltes Badezimmer, noch ausgestattet mit einer altmodischen Badewanne, einer Toilette mit Wasserspülung, deren Behälter hoch an der Wand hing – die Kette zum Abziehen war längst verschwunden –, und einem Spülbecken unter einem altmodischen Arzneischrank mit einer Spiegeltür.

Oliver beleuchtete jeden Winkel des Badezimmers, fand jedoch wiederum nichts Bedrohliches. Es war nur kahl und schmutzig wie das Büro nebenan. Aber als er sich zurück zur Tür wandte, strich der Strahl der Taschenlampe über den Spiegel, der über dem Spülbecken hing. Durch die Schmutzschicht, die sich im Laufe der Jahre angesammelt hatte, erhaschte Oliver einen Blick auf die Badewanne.

Jetzt, im widergespiegelten Licht der Taschenlampe, war sie nicht mehr leer.

Zwei Gestalten, deren Augen im Licht schimmerten, starrten ihn an.

Oliver wirbelte verblüfft herum und richtete den Strahl der Taschenlampe auf die Gestalten, doch noch während er sich drehte, schien etwas in seinem Kopf zu explodieren. Er taumelte und wollte sich noch am Spülbecken festklammern, doch es gelang ihm nicht, er fiel auf die Knie und schlug dann zu Boden. Die Taschenlampe entglitt ihm, fiel auf die Kacheln und erlosch. Im Badezimmer wurde die Schwärze so tief wie die der Bewußtlosigkeit, in die der peinigende Schmerz Oliver Metcalf getrieben hatte.

In der Irrenanstalt herrschte wieder Totenstille.

7

Ed Becker blickte trübselig auf die Digitalanzeige des Weckers neben seinem Bett. Beim letzten Mal hatte sie 1:14 angezeigt. Jetzt – unglaublich – las er 1:23. Wie konnten nur neun Minuten vergangen sein, die er für mindestens eine Stunde gehalten hatte? Doch der Doppelpunkt blinkte wie immer regelmäßig einmal pro Sekunde.

Bonnie schlief friedlich neben ihm, er konnte keinerlei Bewegung und nicht dem geringsten Laut von ihr die Schuld an seiner Schlaflosigkeit geben, und er hatte keinen anständigen Grund, sie zu wecken. Schließlich gab er den Gedanken an Schlaf ganz auf, stieg aus dem Bett, zog seinen Morgenmantel an und ging nach unten. In der Küche suchte er im Kühlschrank, bis er eine Packung Schinken, etwas Truthahnfleisch und einen Laib Brot fand. Fünf Minuten später ging er mit seinem belegten Brot und einem Glas Milch ins Wohnzimmer. Er schaltete den Fernseher ein, stellte den Ton gerade so laut an, daß er seine Frau und Tochter nicht störte, und schaltete ihn dann wieder ganz ab. Er nahm die letzte Ausgabe des *Blackstone Chronicle,* eine Sonderausgabe, die Oliver eilig herausgegeben hatte und in der hauptsächlich über den Tod von Germaine Wagner und das Verschwinden von Rebecca Morrison berichtet wurde. Obwohl er seine Meinung für sich behalten hatte, stimmte Ed mit denjenigen überein, die argwöhnten, daß Rebecca vielleicht mehr mit Germaines Tod zu tun hatte, als Steve Driver gegenwärtig annahm. Nach Eds Erfahrung – und er hätte als erster zugegeben, daß seine Erfahrungen ihn nicht zum objektivsten der Beobachter gemacht hatten – schlummerte oftmals ein geheimer Groll in dem Typ der süßen, stillen Frau, den Rebecca anscheinend verkörperte, der zu einer Explosion von Gewalt führen und ein Blutbad wie das im Haus der Wagners auslösen konnte.

Oliver Metcalf hatte jedoch den Artikel mit so viel Mitgefühl für Rebecca geschrieben, daß man sie für eine Heilige halten konnte.

Ed Becker glaubte nicht an Heilige.

Andererseits war es genau seine jetzige Denkweise – die Annahme, daß nicht nur das Böse in den scheinbar unschuldigsten Seelen schlummerte, sondern sich auch zwangsläufig in Mord offenbarte –, die ihn schließlich zur Aufgabe seiner Kanzlei und dem Verlassen der dunkleren Seite von Boston geführt hatte. Vielleicht war Rebecca tatsächlich so unschuldig, wie Oliver sie darstellte.

Ed Becker legte die Zeitung beiseite, aß den letzten Happen des belegten Brotes, erhob sich und brachte Teller und Glas in die Küche. Er wollte gerade das Licht ausschalten, als er plötzlich den Geruch wahrnahm.

Gas!

Er ging zum Herd und überprüfte, ob alle Gashähne fest geschlossen waren. Sie waren es. Die Sparflamme brannte stetig blau.

Ed runzelte die Stirn und schaute sich in der Küche um. Dann ging er zur Tür, die zum Kellergeschoß führte. Er öffnete sie und wollte instinktiv das Licht anschalten, doch dann zuckte er zurück, als ihm Gasgeruch aus dem Keller entgegenschlug. Er knallte die Tür zu, und kalter Schweiß brach ihm aus, als ihm klar wurde, was hätte geschehen können, wenn er das Licht eingeschaltet hätte. Jeder Funke hätte das Gas zur Explosion bringen können. Dann fiel ihn ein, daß es im Keller einen Kühlschrank gab, der sich Tag und Nacht mehrmals automatisch an- und ausschaltete, und sein Puls begann zu rasen.

Raus!

Er mußte Bonnie und Amy aus dem Haus rausschaffen, und zwar sofort!

Er rannte aus der Küche und hetzte die Treppe hinauf, wobei er immer zwei Stufen auf einmal nahm. »Bonnie!« Er rief den Namen seiner Frau noch einmal und riß die Tür zu ihrem Schlafzimmer auf. »Raus!« schrie er. »Schnell!«

Bonnie schreckte aus dem Schlaf und setzte sich im Bett auf. »Ed? Was ...«

»Rede nicht! Stell keine Fragen. Lauf nur aus dem Haus! Ich hole Amy!« Als Bonnie bestürzt aufstand, rannte Ed zum Zimmer seiner Tochter und riß die Tür auf. Amy, die sich bereits im Bett aufgesetzt hatte, rieb sich die Augen. Ed packte sie und hob sie aus dem Bett, und er schnappte sich die Wolldecke, mit der Amy zugedeckt gewesen war. »Komm, Schatz«, sagte er. »Ich muß dich hier rausbringen.«

Amy versuchte sich schlaftrunken von ihm loszureißen. »Nein!« jammerte sie. »Es ist noch Nacht! Ich will nicht aufstehen!«

Ed ignorierte die Worte seiner Tochter, packte sie fester und rannte aus dem Zimmer. Er gelangte an den oberen Treppenabsatz, als Bonnie, jetzt mit Morgenmantel und Pantoffeln, aus dem Elternschlafzimmer auftauchte.

»Was ist los?« wollte sie wissen. »Was ist passiert?«

»Gas!« rief Ed, während er mit Amy auf den Armen die Treppe hinunterlief. »Der ganze Keller ist voll davon!«

Einen Augenblick später fummelte er an der Kette der Haustür, aber Bonnie stürzte an ihm vorbei und löste die Kette mit einem Griff. Dann hetzten sie aus dem Haus und rannten über den Rasen. Erst auf dem Bürgersteig blieb Ed stehen und ließ Amy zu Boden gleiten.

»Gas?« wiederholte Bonnie. »Wovon redest du? Wieso weißt du ...«

»Ich konnte nicht schlafen«, erklärte Ed. »So ging ich nach unten und machte mir ein Butterbrot, und als ich aufräumte, roch ich das Gas. Ich dachte, es kommt vom Herd, aber ...«

Der Rest seiner Worte ging im Donnern der Explosion unter. Instinktiv riß er Amy in seine Arme, als Glasscherben von den kleinen Lichtschachten, die als Fenster des Kellergeschosses dienten, durch die Luft flogen und die lange unbenutzte Tür zum Kohlekasten aus den Angeln flog. Ein gewaltiger Feuerball quoll aus dem Keller und rollte über den Zufahrtsweg.

Amy schlang schreiend die Arme um ihren Vater und schmiegte schutzsuchend das Gesicht an seine Schulter.

»Es ist alles in Ordnung«, flüsterte Ed seiner Tochter ins Ohr. »Alles wird gut.«

Aber in seinem Kopf schien die Explosion immer weiter wiederzuhallen.

Sie klang genau wie das Donnern der Schrotflinte, die Paul Becker im Traum auf ihn abgefeuert hatte.

Rebecca wußte nicht, was sie geweckt hatte; erst die langsame Rückkehr ins Bewußtsein machte ihr klar, daß sie überhaupt geschlafen hatte.

Sie hatte keine Angst mehr – jedenfalls keine von der Art, die sie gekannt hatte, bevor sie zu diesem Ort gebracht worden war, der zu ihrer dunklen, kalten Welt geworden war. Die Dinge, vor denen sie sich einst gefürchtet hatte – die unbekannten Geräusche der Nacht, bei denen sie noch vor ein paar Tagen eine Gänsehaut bekommen hätte, oder die eingebildete Anwesenheit von Gespenstern, die in den Schatten des Abends lauerten, wenn sie allein von der Bücherei nach Hause gegangen war –, wirkten jetzt wie alte

Freunde, die ihr Trost in der völligen Isolation gebracht hätten.

Verrückt, dachte sie. *Ich muß verrückt geworden sein.*

Sie hatte jegliches Zeitgefühl verloren. Sie wußte nicht, ob es Tag oder Nacht war oder wie lange sie schon in dem dunklen Raum gefangen war. In ihrer Verwirrung gab es keinen Unterschied mehr zwischen Minuten und Stunden, Stunden und Tagen, Tagen und Wochen.

Ihre Handgelenke und Knöchel waren immer noch gefesselt, aber jetzt waren auch ihre Augen verbunden. Sie hatte das Gefühl, daß sie mit dem gleichen dicken Klebeband bedeckt waren, das ihre Lippen versiegelte. Sie glaubte zu wissen, weshalb ihr auch noch die Augen verbunden worden waren: damit sie ihren Peiniger nicht sehen konnte.

Als sie jetzt aus dem unruhigen Schlaf erwachte, in den sie vor Minuten – oder vielleicht Stunden – gefallen war, versuchte sie zu ergründen, was sie geweckt hatte.

Ein Geräusch?

Aber es gab keine Geräusche; in der kleinen Kammer, in der sie gefangen war, herrschte Totenstille, wie in den Todespalästen, die für die Pharaonen errichtet worden waren.

Dennoch war sie von dem seltsamen Gefühl erfüllt, daß sie etwas hören würde, wenn sie sich völlig still verhielt und sogar den Atem anhielt.

Sie wartete.

Und dann hörte sie es: das Schaben eines Schlüssels, der in ein Schloß geschoben wurde, das Klicken eines Bolzens, der einrastete. Die Tür selbst verursachte keinen Laut, aber Rebecca, jeder visuellen Wahrnehmung beraubt, war feinfühlig für andere Dinge geworden, und die leichte Veränderung des Luftzuges, als die Tür aufschwang, spürte sie wie Wind an ihrer Wange.

Und sie spürte, daß sie nicht mehr allein war.

Sie wartete, und obwohl sie nichts hören konnte, fühlte sie, daß derjenige, der die Kammer betreten hatte, jetzt hinter ihr war.

Sie nahm eine Berührung an ihrer Wange wahr, eine so leichte Berührung, daß sie Zweifel bekam, ob sie sich getäuscht hatte.

Es folgte eine schnelle Bewegung, und sie spürte einen scharfen Schmerz an ihrem Mund. Einen Moment lang hatte sie das Gefühl, ihre Haut werde weggerissen, doch dann wurde ihr klar, daß nur das Klebeband von ihren Lippen entfernt worden war. Sie stöhnte leise auf. Sofort preßte sich eine Hand auf ihren Mund und brachte sie zum Verstummen.

Die Hand blieb auf dem Mund, verringerte nur ein wenig den Druck, aber als Rebecca sich völlig still verhielt, verschwand die Hand von ihren Lippen. Eine Sekunde später spürte sie eine Berührung an ihrem Mund und erkannte, daß ihr Wasser angeboten wurde.

Dankbar schluckte sie jeden Tropfen, der ihr eingeflößt wurde.

Einen Augenblick später wurde das Band wieder über ihren Mund geklebt.

Von neuem verweilte die Hand auf ihrer Haut, und nun spürte Rebecca die kalte Glätte von Latex.

Sie verhielt sich völlig still, zeigte keinerlei Reaktion auf die Berührung. Schließlich bewegte sich einer der Finger der Hand.

Unwillkürlich erschauerte Rebecca, als der Finger über ihren Hals glitt wie die Spitze eines Messers ...

Ed Becker starrte sprachlos auf sein Haus. Bonnie stand ebenso schweigend neben ihm, doch ihre Nachbarn, die auf dem Bürgersteig aufgetaucht waren, bevor noch der erste Feuerwehrwagen eingetroffen war, schienen alle auf einmal zu reden. »Was ist passiert?« hörte Ed jemanden fragen.

»Eine Explosion«, antwortete jemand anderes.

»Ich habe einen Blitz gesehen«, ertönte eine dritte Stimme. »Höllische Sache – unser ganzes Schlafzimmer war taghell erleuchtet. Myra hat sich zu Tode gefürchtet!«

»Oh, das stimmt nicht«, widersprach eine empörte Frauenstimme. »Du hattest mehr Angst als ich!«

»Wenn es also eine Explosion und einen Blitz gegeben hat, wo ist dann das Feuer?« fragte die erste Stimme.

Und das war das Unheimliche. Es gab einfach kein Feuer.

Seit dem Moment, in dem das Gas im Kellergeschoß explodiert war, hatte Ed damit gerechnet, daß sein Haus in Flammen aufgehen und vor dem Eintreffen der Feuerwehr niederbrennen würde wie Martha Wards Haus vor nur ein paar Wochen. Aber auch als das Heulen der Sirenen immer lauter geworden war und nicht nur ein Feuerwehrwagen, sondern drei auf der Amherst Street eingetroffen waren, blieb das Haus still und dunkel, und es sah für alle Welt so aus, als ob überhaupt nichts passiert wäre. Als die Feuerwehrwagen stoppten, verstummten ihre Sirenen abrupt, und drei Mannschaften rollten Löschschläuche von den Trommeln. Larry Schulze, der Feuerwehrchef, traf mit seinem weißen Chevy Blazer ein und eilte zu Ed.

»Was ist passiert? Wo hat es angefangen?«

»Es war Gas«, erklärte Ed. »Ich roch es, als es aus dem Keller strömte. Dann brachte ich Bonnie und Amy aus dem Haus raus, bevor das Gas explodierte. Aber ich kapiere das nicht – wie kommt es, daß das Haus nicht brennt?«

»Sie meinen, wie kommt es, daß es *noch* nicht brennt«, korrigierte ihn der Feuerwehrchef. »Nur weil Sie kein Feuer sehen, heißt das nicht, daß es keins gibt.« Er beauftragte einen Mann, die Hauptgasleitung zu schließen, und winkte zwei anderen, ihm über den Zufahrtsweg zu folgen.

»Ich komme mit«, sagte Ed.

Der Feuerwehrchef wandte sich um, und das Licht der Straßenlampe fiel auf seine versteinerte Miene. »Nein, das tun Sie nicht«, sagte er mit einer Stimme, die so viel Autorität enthielt wie die jeden Richters, mit dem Ed es jemals in einem Gerichtssaal zu tun gehabt hatte. »Sie bleiben hier, bis ich ums Haus herum und dann hinein gegangen bin. Wenn ich überprüft habe, ob es sicher ist, können Sie ins Haus.«

Ed überlegte, ob es Sinn hatte, mit dem Feuerwehrchef zu streiten.

Bonnie legte ihrem Mann eine Hand auf den Arm. »Laß ihn seinen Job erledigen«, sagte sie. »Bitte!«

Ed nickte, und Schulze und seine Männer gingen davon. In weniger als zehn Minuten hatten sie das Haus umrundet und kehrten zurück. »Bis jetzt scheint alles in Ordnung zu sein«, rief der Feuerwehrchef und stieg die Treppe zur Haustür hinauf, die weit offenstand. »Ist das Gas abgestellt?«

»Eine halbe Minute nach Ihrer Anweisung!« rief einer seiner Männer zurück.

»Okay! Wir kommen in ein paar Minuten wieder.«

Die Menge wartete stumm, während der Feuerwehrchef das Haus inspizierte. Als er ein paar Minuten später so gelassen zurückkehrte, wie er ins Haus gegangen war, ging ein Murmeln der Erleichterung durch die Zuschauer. Nur zwei kleine Jungen klangen arg enttäuscht, weil sie keinen Einsatz der Feuerwehrleute sehen konnten.

»Sie haben Glück gehabt«, sagte Schulze zu Ed Becker, während die unbenutzten Feuerwehrschläuche eingerollt wurden. »Wenn Sie den Plunder in Ihrem Keller gehabt hätten, den die meisten Leute dort aufbewahren, hätten Sie das ganze Haus verlieren können.«

Bonnie Becker starrte den Feuerwehrchef ungläubig an. »Sie meinen ... es ist alles in Ordnung? Kein Feuer?«

»Das kommt manchmal vor«, erklärte Schulze. »Sie müssen verstehen, was mit Gas passiert. Wenn es sich entzündet, was vermutlich der Fall war, als der Kühlschrank ansprang, dann geht das so schnell, daß es sich buchstäblich selbst ausbläst, sofern nichts Entflammbares in unmittelbarer Nähe ist. Sie verlieren alle Fenster und die Türen, aber damit hat sich's. Sie können sich jetzt im Haus umschauen, wenn Sie wollen. Aber ich werde Sie begleiten.«

Ed schaute zum Haus und dachte daran, wie nahe er in dieser Nacht dem Tod gewesen war. Wenn das Gas explodiert wäre, als er die Kellertür geöffnet hatte ...

Er versuchte die Bilder zu verbannen, die vor seinem geistigen Auge auftauchten: Flammen, die ihn im Nu verschlangen oder ihn so schlimm verbrannten, daß er beten würde, zu sterben, anstatt den Schmerz ertragen zu müssen.

Er wollte nicht daran denken, was ihm hätte

widerfahren können, aber er wußte, daß er ins Haus zurückkehren mußte.

Ins Kellergeschoß, wo sich die Explosion ereignet hatte.

Gefolgt von Larry Schulze, ging Ed zur Haustür. »Darf ich das Licht einschalten?« fragte er, als sie die Halle betraten.

»Nein, ich habe den Strom abgestellt, nur für alle Fälle. Benutzen Sie die.« Er reichte Ed eine Taschenlampe.

Ed schaltete die Taschenlampe an und ging vorsichtig durch die Halle, leuchtete in jede Ecke und konnte kaum glauben, daß kein ernsthafter Schaden entstanden war. Aber anscheinend war dem so – alles sah normal aus, als wäre überhaupt nichts passiert. Als er die Küche betrat, blieb er abrupt stehen. »Mein Gott!« stieß er hervor und starrte auf die Tür zum Kellergeschoß.

Oder genauer gesagt auf das, was die Tür zum Keller *gewesen* war. Übriggeblieben war ein Haufen zerborstenes Holz, durch die Explosion so zerfetzt, daß es überhaupt nicht mehr als Tür zu erkennen war. Im Rahmen hingen nur noch ein paar Holzsplitter. Sogar die Angeln waren halb herausgerissen worden. »Da habe ich keine Minute vor der Explosion gestanden«, sagte Ed fast im Flüsterton, als er vor seinem geistigen Auge von neuem einen Feuerball sah. Er trat über das zerfetzte Holz, das die Tür gewesen war, und spähte die Treppe hinab.

Sonderbarerweise wirkte das Kellergeschoß

ebenfalls normal. Erst als er die Treppe hinabging, wurde ihm klar, daß er erwartet hatte, alles geschwärzt vorzufinden. Aber offenbar war alles so schnell gegangen, daß nichts verkohlt war.

Am Fuß der Treppe leuchtete er mit der Taschenlampe herum und erschrak.

Blut!

Überall Blut!

Ed mußte sich an die Wand lehnen, weil seine Knie nachzugeben drohten.

Das Blut war an den Wänden verschmiert, bildete eine Lache auf dem Boden, tropfte von den Deckenbalken. Aber das war unmöglich! Bei der Explosion war niemand hier unten gewesen!

Außerdem hatte das Blut, das er zuvor gesehen hatte, nur in seinem Traum existiert. Doch das hier war Wirklichkeit.

Zuerst die Explosion, die genauso geklungen hatte wie das Donnern der Schrotflinte, mit der Paul Becker auf ihn gefeuert hatte.

Und jetzt das Blut.

Das Blut der Leute, die von seinen Mandanten ermordet worden waren, verspritzt in seinem Keller zur Vergeltung, weil er die Mörder verteidigt hatte.

Aber das war unmöglich! Es war nicht wirklich geschehen! Es war nur ein Traum!

»Ed?« Larry Schulze legte eine Hand auf seine Schulter. »Ed, ist alles in Ordnung mit Ihnen? Ich weiß, das mit der Farbe ist eine Sauerei, aber ...«

Farbe?

Farbe!

Natürlich! Kein Blut! Farbe!

Obwohl der Feuerwehrchef immer noch redete, nahm Ed Becker die Worte gar nicht mehr wahr. Die Kraft kehrte in seine Beine zurück, und er ging weiter in den Keller hinein.

Als er sich umschaute und mit dem Licht der Taschenlampe jeden Winkel erkundete, stieg das gleiche Entsetzen in ihm auf, das ihn erfaßt hatte, als Riley an diesem Morgen gestorben war.

Obwohl es kein Donnern einer Schrotflinte gewesen war, hatte die Gasexplosion so geklungen.

Und obwohl die roten Flecken und Spritzer an den Wänden und auf dem Boden und sogar an der Decke kein Blut waren, sahen sie so aus wie das Blut in dem schrecklichen Traum.

Es war wieder geschehen.

Zum zweiten Mal war sein Alptraum wahr geworden.

8

Die Menge vor dem Haus der Beckers löste sich fast so schnell auf, wie sie sich eingefunden hatte, und obwohl Bonnie wußte, daß der Gedanke hartherzig war, hatte sie das deutliche Gefühl, daß zumindest ein paar der Zuschauer ein bißchen enttäuscht waren, weil es so wenig zu sehen gegeben hatte. Als Ed und Larry Schulze aus dem Haus auftauchten, war nur noch Bill McGuire da. Bonnie war bestürzt und ein wenig ärgerlich, weil keiner der Nachbarn angeboten hatte, sie für die Nacht aufzunehmen. Dachten sie tatsächlich, sie würde heute nacht ins Haus zurückkehren? Oder Amy wieder ins Haus bringen?

Bill McGuire schien ihre Gedanken zu erraten. »Man wird von den Leuten erst ins Haus eingeladen, wenn die Familie seit mindestens zwei Generationen hier lebt«, erklärte er, und Bonnie sah ihn zum ersten Mal wieder grinsen, seit seine Frau gestorben war. »Das ist der Preis, den Ed zahlen muß, weil er außerhalb der Stadt geheiratet hat. Sie können alle bei Megan und mir übernachten. Und wie ich Mrs. Goodrich kenne, wird sie Tee aufgebrüht haben.«

Bonnie war durch die ausgestandene Angst viel zu aufgeregt, um auch nur einen schwachen Versuch zu machen, die Einladung höflich abzulehnen. Statt dessen drückte sie Bill kurz an sich.

»Ich verspreche, es wird nur für ein, zwei Nächte sein«, versicherte sie. »Bis ich mich in unserem Haus wieder sicher fühle.«

Wie Bill gedacht hatte, pfiff der Teekessel, und Mrs. Goodrich, die Haushälterin, hantierte in der Küche, als sie sein Haus betraten, das schräg gegenüber auf der anderen Straßenseite lag. Die kleine Amy, für die sich die Nacht in ein wundervolles Abenteuer verwandelt hatte, setzte sich auf einen Stuhl an den Küchentisch und verlangte ein Glas Milch.

»Sag ›Bitte‹«, wies Bonnie automatisch ihre Tochter an, aber Mrs. Goodrich schenkte bereits Milch in ein Glas und stellte es dem kleinen Mädchen hin.

»Bitte«, plapperte Amy nach und schnappte sich ein Plätzchen von dem Teller, den die alte Haushälterin hingestellt hatte.

Zehn Minuten später, nach einem halbherzigen Protest von Amy, weil sie zu Bett gehen mußte, steckte Bonnie ihre Tochter neben Megan McGuire ins Bett. Megan schlief tief und sah engelhaft friedlich aus. Sie hielt die Puppe in den Armen, die seit dem Tod ihrer Mutter ihre unzertrennliche Gefährtin war.

»Ist die schön«, flüsterte Amy und bewunderte das Porzellangesicht der Puppe. »Kann ich auch so eine Puppe haben?«

»Wir werden sehen.« Bonnie legte sich nicht fest. »Ich weiß nicht, ob wir so eine finden können. Aber vielleicht läßt Megan dich morgen mit ihr spielen. Schlaf jetzt.« Bonnie neigte sich über ihre Tochter und gab ihr einen Kuß. »Und weck Megan nicht auf. Versprichst du mir das?«

»Ich verspreche es«, gelobte Amy feierlich. Aber als ihre Mutter fort war, griff sie hinüber und wollte die schöne Puppe anfassen.

»Laß das«, sagte Megan, und Amy zog erschrocken ihre Hand zurück, bevor sie die Puppe auch nur berührt hatte. Megans Augen waren weit geöffnet, und Amy erkannte, daß sie überhaupt nicht geschlafen hatte.

»Sie gehört mir«, fuhr Megan fort, »und sie mag es nicht, wenn jemand anders sie anrührt. Das mag sie überhaupt nicht.«

Megan schloß die Augen und sagte nichts mehr, aber Amy lag lange wach. Sie starrte auf die Puppe. Im schwachen Licht der Straßenlampe, das durch das Fenster hereinfiel, wirkte es fast, als schliefe die Puppe. Megans Worte hallten in Amy wider.

Sie versuchte nicht mehr, die Puppe zu berühren.

»Es ist wieder passiert.«

Ed und Bonnie waren im Gästezimmer von McGuire. Bonnie lag bereits im Bett, und Ed stand am Fenster und starrte hinaus auf das Haus schräg gegenüber. Sein Haus. Sein Heim, das ihm ebenso Schutz vor den eisigen Winterstürmen wie vor den Stürmen des täglichen

Lebens bieten sollte. Statt dessen war es in den vergangenen vierundzwanzig Stunden eine Stätte geworden, an der seine Alpträume wahr wurden.

»*Was* ist passiert?« fragte Bonnie. Ihr Herz klopfte schneller, als sie auf seine Antwort wartete.

»Ich habe es geträumt.« Ed wandte sich vom Fenster ab und setzte sich auf die Bettkante. In dem dunklen Zimmer erzählte er ihr von seinem Traum und was er vor kurzem im Keller gesehen hatte, als er und Larry Schulze hinabgegangen waren, um sich den Schaden anzusehen.

»Aber es war kein Schuß mit einer Schrotflinte«, wandte Bonnie ein, als Ed geendet hatte. »Und es war kein Blut. Es war *Farbe,* Ed. Es war nur eine Dose Farbe, deren Deckel bei der Explosion weggeflogen ist.«

»Aber ...«

»Aber, Liebling, es war wirklich nur ein Traum.« Bonnie fühlte sich völlig erschöpft, als die Erinnerung an die Explosion in ihr aufstieg, und sie fügte sanft hinzu: »Morgen sieht alles schon anders aus. Können wir dann darüber sprechen? Bitte!«

Ed zögerte, doch als Bonnie ihm die Arme entgegenstreckte, schlüpfte er zu ihr ins Bett und nahm sie in die Arme. Sie hat recht, sagte er sich, als er sie zärtlich küßte. Im hellen Licht des Tages würde nichts mehr so schrecklich sein. Und es war tatsächlich kein bleibender Schaden entstanden, nichts, von dem sie sich nicht leicht erholen würden. Morgen würden sie sich nach einem neuen Hündchen für Amy umsehen, und binnen ein paar Stunden Arbeit würde die Sauerei im Keller so vollständig verschwinden, als hätte die Explosion nie stattgefunden. Bill McGuire hatte schon versprochen, ein Warnsystem einzubauen, damit sie vor einem weiteren Unfall geschützt sein würden. In ein paar Tagen würde alles wieder normal sein. Als Bonnies gleichmäßige Atemzüge verrieten, daß sie eingeschlafen war, schloß Ed Becker die Augen und gab sich dem Vergessen hin.

Ed stand auf dem Bürgersteig und starrte zum Haus.

Rings um ihn war die Nacht unheimlich still geworden, als hätte die Explosion alles Leben in Blackstone zum Verstummen gebracht.

Ed wußte, daß er in Bill McGuires Haus zurückkehren und sich wieder zu Bonnie ins Bett legen und schlafen sollte. Statt dessen ging er auf sein Haus zu. Etwas zog ihn unwiderstehlich dort hinein.

Sein Haus – und doch nicht seins.

Im Wohnzimmer waren alle Möbel verschwunden, die er und Bonnie von Boston mitgebracht hatten, und die alte viktorianische Einrichtung war wieder an ihrem Platz. Das Zimmer sah so aus wie auf dem Bild, das er durch das

Stereoskop betrachtet hatte. Das Stereoskop selbst lag auf einem Klapptisch aus Mahagoni, den eine Spitzendecke zierte. Ed ging an den Tisch, hob die Spitzendecke an und strich bewundernd über die perfekte Arbeit. An einem Ende des Tisches stand eine Kommode, und Eds Hand schloß sich um den Griff einer Schublade. Er zögerte, weil er sich daran erinnerte, was geschehen war, als er in seinem Traum in die Schubladen der Eichenkommode aus der Irrenanstalt geschaut hatte. Obwohl sein Verstand ihn vor der Versuchung warnte, zog er mit zitternder Hand die Schublade auf.

Er starrte auf eine Pistole Kaliber .38.

Die Pistole wurde von einer Hand umklammert, die am Handgelenk abgehackt worden war. Blut tropfte aus den abgetrennten Adern.

Erschauernd stieß er die Schublade zu. Er blieb reglos stehen und wartete auf das Abklingen seiner Übelkeit.

Es war nicht da, sagte er sich. Ich habe mir das nur eingebildet.

Aber er wagte nicht, die Schublade noch einmal zu öffnen. Statt dessen legte er das Tuch wieder auf die Kommode, um die Schublade zu verdecken.

Er verließ das Wohnzimmer und ging ins Eßzimmer. Ein glänzender Tisch aus Kirschbaumholz, umgeben von acht Lehnstühlen, stand dort, wo vor ein paar Stunden sein eigener Teaktisch gestanden hatte. An der Wand war ein viktorianischer Schrank mit Porzellan aus Limoges gefüllt, das königsblau und golden gemustert war. Auf einem Regal funkelten drei Dutzend schwere Kristallkelche im schwachen Licht.

Er griff nach einem Glas. Als er es nahm, füllte es sich mit Blut.

Ed ließ das Glas fallen und wirbelte herum. Der Tisch, noch vor Sekunden leer, war jetzt für ein Festmahl gedeckt. Zwei Kandelaber mit jeweils einem Dutzend brennender Kerzen warfen einen warmen Schimmer über Silber und Kristall.

Auf jedem Platz am Tisch stand ein Teller, und auf jedem Teller lag ein einzelner Gegenstand.

Die abgetrennten Köpfe von acht von Ed Beckers Mandanten starrten ihn mit leeren Augen an. Ihre Lippen waren in der schaurigen Parodie eines Lächelns von den Zähnen gezogen, und Blut füllte die Teller, auf denen die Köpfe lagen.

»*Nein!*« schrie er erstickt. Er wich zurück, warf sich herum und flüchtete aus dem Eßzimmer, aber seine Beine brachten ihn nicht aus dem Haus, sondern trugen ihn die Treppe hinauf bis zur Tür des Elternschlafzimmers. Sein Herz hämmerte. Er wollte sich von der geschlossenen Tür abwenden, die Treppe hinuntergehen, das Haus verlassen.

Aber er konnte es nicht. Etwas war stärker als sein Wille. Er schob die Tür auf. Als sie aufschwang, sah er das Zimmer, aber es war nicht das helle, freundliche Schlafzimmer, das Bonnie eingerichtet hatte, sondern eine finstere Kammer, beherrscht von einem verzierten Himmelbett, dessen Vorhänge zurückgezogen waren und eine schwere Tagesdecke aus Brokat enthüllten.

Dann sah er den Mann.

Er erkannte ihn sofort, denn das silberne Licht, das durch das Fenster hereinfiel, strahlte auf sein Gesicht.

Ed Becker starrte sich selbst an.

Und er hing mit gebrochenem Genick vom Kronleuchter. Die Hände der Leiche griffen nach ihm, als wollten sie ihn ebenfalls in den Tod ziehen.

Ein Schrei des Entsetzens stieg in Ed Beckers Kehle auf, hallte durch das Zimmer und zerriß die Nacht.

9

Sekundenlang wußte Ed Becker nicht, wo er war. Noch halb gefangen in dem Alptraum, versuchte er sich dem klauenartigen Griff des Traums zu entziehen. Die schreckliche Vision blieb; er hörte immer noch seinen eigenen gellenden Schrei. Neben ihm schlief Bonnie jedoch tief und fest. Als er sich aufsetzte, sich sein Puls verlangsamte und seine Gedanken klarer wurden, seufzte sie und kuschelte sich tiefer unter die Steppdecke, aber sie wurde nicht wach.

Einbildung. Diese schrecklichen Bilder waren nur das Produkt von seelischem Streß – der Höhepunkt nach Monaten der Angst wegen der furchtbaren Tragödien bei seinen Freunden, nach seinen Sorgen wegen des Blackstone Centers und den Ereignissen der heutigen Nacht.

Seine Phantasie war überreizt und außer Kontrolle.

Ed stieg aus dem Bett und ging zum Fenster, wo er vor dem Sternenhimmel den Umriß seines Hauses erkennen konnte. »Es war wirklich nur ein Traum«, murmelte er und wiederholte die tröstenden Worte seiner Frau wie eine Zauberformel. *Ein Traum. Nur ein Traum.*

Aber er wußte, daß er nicht daran glaubte.

Er wußte, daß er sich Gewißheit verschaffen mußte.

Als er die Haustür öffnete, spürte er, daß sich etwas verändert hatte.

Etwas im Haus war anders.

Der Geruch.

Die Atmosphäre.

Er tastete nach dem Lichtschalter und erinnerte sich erst, als er den Schalter drehte und es dunkel blieb, daß der Strom abgestellt worden war. Er tastete sich durch die Halle und gelangte zur Tür des Eßzimmers. Obwohl es dunkel war, konnte er den vagen Umriß von einem Tisch und Stühlen erkennen.

Große, schwere Möbelstücke, anders als die Teak-Garnitur, die er und Bonnie aus Boston mitgebracht hatten.

Eine Illusion!

Es mußte eine Sinnestäuschung sein, geboren aus der Finsternis und der Erinnerung an den Traum. Aber dann, als er sich an den Anblick der abgetrennten Köpfe seiner Mandanten auf dem Tisch erinnerte, wich er aus dem Eßzimmer zurück. Er überquerte die Schwelle zum Wohnzimmer und verharrte.

Das Zimmer war nicht leer.

Er spürte, daß jemand – oder *etwas* – anwesend war und im Dunkel auf ihn lauerte. Wie in dem Traum wollte er sich abwenden und das Haus verlassen.

Doch sein Körper gehorchte ihm nicht, und er wurde mit unerbittlicher Kraft in das Wohnzimmer und in die Schwärze hineingezogen.

Und dann wußte er Bescheid.

Sie waren überall. Sie saßen in jedem viktorianischen Sessel, hockten auf jeder Fußbank, lehnten an jedem Klapptisch und an jedem Schrank.

Zwei von ihnen flankierten den Kamin.

Er sah sofort, daß sie alle tot waren, bleich und starr, doch irgendwie schafften sie es, ihn mit ihren gebrochenen Augen anklagend anzustarren.

Dann ein Seufzen. Ein leises Wehklagen, das langsam zu einer Kakophonie des Schmerzes und Leidens anschwoll.

Ed erkannte sie alle, denn in den vergangenen fünfzehn Jahren hatte er Fotos von jedem von ihnen studiert. Sie waren die Opfer seiner Mandanten, jetzt versammelt in seinem Haus, um mit dem Mann abzurechnen, der ihre Mörder verteidigt hatte.

Mit wild pochendem Herzen wandte Ed sich ab und taumelte zur Haustür, doch dann starrte er in die leeren Augen seines lange verstorbenen Großonkels Paul Becker.

»Sie kommen unseretwegen«, hörte er seinen Großonkel sagen, obwohl sich die farblosen Lippen nicht bewegten. »Die Leute, die wir töten. Sie kommen jede Nacht unseretwegen. Jetzt sind sie auch deinetwegen gekommen.«

Mit einem Stöhnen warf sich Ed herum und taumelte die Treppe hinauf. Sein Herz hämmerte, und er hatte das Gefühl, seine Brust würde explodieren. Auf dem oberen Treppenabsatz verharrte er, und sein Blick irrte auf der Suche nach einem Versteck über den Gang.

Als sich der Himmel draußen weiterhin aufhellte und das Grau der Morgendämmerung durch die Fenster im Treppenhaus sickerte, öffneten sich eine nach der anderen die Türen.

In stummen Reihen kamen die Opfer daraus hervor und bewegten sich langsam auf ihn zu. Sie griffen nach ihm, wie im Traum sein eigener Geist nach ihm gegriffen hatte.

Instinktiv wich er einen Schritt zurück und geriet ins Stolpern. Einen Moment lang schwankte er auf der obersten Treppenstufe, dann verlor er das Gleichgewicht und stürzte rückwärts. Ein panischer Schrei löste sich aus seiner Kehle, bevor er mit dem Kopf auf die Treppenstufen aus Hartholz schlug. Dann verstummte der Schrei.

Ed Becker überschlug sich immer wieder, während er die Treppe hinabstürzte. An ihrem Fuß blieb er verkrümmt liegen.

Bonnie Becker rannte über den Rasen zur Veranda ihres Hauses und riß die Tür auf. Für einen Sekundenbruchteil konnte sie im schwachen Licht nichts erkennen, doch dann sah sie ihren Mann am Fuß der Treppe liegen. »Ed!« schrie sie. »O Gott, Ed!« Sie fiel neben ihm auf die Knie und wollte ihn in die Arme nehmen, doch dann sah sie, daß sein Kopf in einem seltsamen Winkel abstand, und sie wußte, daß sein Genick gebrochen war.

Nicht anrühren! sagte sie sich. Hilfe rufen!

Zitternd stand sie auf und taumelte zum Telefon.

Sie nahm den Hörer ab und tippte die Nummer ein, und ihre Hand zitterte so sehr, daß sie befürchtete, die falschen Tasten gedrückt zu haben. Aber beim zweiten Klingeln meldete sich der Telefonist der Notrufzentrale. Als sich Minuten später zum zweiten Mal in dieser Nacht Sirenengeheul dem Haus näherte, schaute sich Bonnie benommen in dem Zimmer um.

Es war genau so, wie sie es verlassen hatten.

Nichts hatte sich verändert.

Als Bonnie jedoch in die Halle zu ihrem Mann zurückkehrte, um auf das Eintreffen des Krankenwagens zu warten, wußte sie trotz ihrer beruhigenden Worte, daß irgendwie – in einer Weise, die sie gewiß nie verstehen würde – ein weiterer von Eds Alpträumen wahr geworden war.

10

Die erste Ausgabe des *Blackstone Chronicle* von nächster Woche lag auf Oliver Metcalfs Schreibtisch. Er hatte sie noch nicht angerührt, obwohl Lois Martin sie vor fast einer Stunde dorthin gelegt hatte. Er hatte nur auf die Schlagzeile gestarrt – die er selbst verfaßt hatte – und sich gefragt, ob er guten Gewissens die Zeitung damit ausliefern lassen konnte oder ob er versuchen sollte, jedes Exemplar, das gedruckt war, einzustampfen und alles neu zu schreiben und zu drucken. Oliver war jetzt einer Antwort nicht näher als vor einer Stunde. Doch die Schlagzeile und der Artikel ließen ihn nicht los.

Hiesiger Anwalt verletzt

Beim jüngsten Fall einer Serie von offenbar zufälligen Tragödien wurde der Blackstoner Anwalt Edward Becker bei einem Sturz in seinem Haus am frühen Sonntagmorgen schwer verletzt. Das Haus in der Amherst Street war ein paar Stunden zuvor der Schauplatz einer Gasexplosion gewesen, bei der niemand verletzt wurde, und Becker, 40, seine Frau Bonnie, 38, und ihre fünfjährige Tochter Amy waren aus dem Haus evakuiert worden.

Laut Mrs. Becker kehrte der Anwalt trotz

> der Möglichkeit, daß es nicht sicher sein könnte, in das Haus zurück und geriet offenbar auf der oberen Treppenstufe ins Stolpern. Feuerwehrchef Larry Schulze erklärte, daß sowohl Gas als auch Elektrizität aus Sicherheitsgründen abgeschaltet worden waren. »Ich habe keine Ahnung, warum Ed vor Tagesanbruch ins Haus zurückkehrte«, sagte Schulze in einem Interview mit dieser Zeitung.
> Becker, der sich Brüche dreier Rückenwirbel zuzog ...

Der Rest der Geschichte verschwand unter der gefalteten Zeitung, aber das machte nichts: Jedes Wort davon hatte sich Oliver eingeprägt.

Jedes nicht ganz wahre Wort.

Er hatte am Morgen nach Eds Sturz zwei Stunden lang im Krankenhaus mit Bonnie Becker gesprochen und sich ihre merkwürdige Geschichte von Eds wachsender Überzeugung angehört, daß seine Träume irgendwie Wahrheit wurden, und wie sie dann vor dem Morgengrauen wach geworden war, sein Verschwinden bemerkt hatte und über die Straße zum Haus gerannt war, in dem sie den Unfall entdeckt hatte.

Sie hatte ebenfalls von einem Stereoskop geredet, das sie in der Kommode gefunden hatten, die Ed am Freitag morgen aus der ehemaligen Irrenanstalt geholt hatte.

Die geschockte Bonnie hatte Oliver mit geröteten Augen angeblickt. »Ich weiß, es ist verrückt, aber ich muß an die Geschenke denken, von denen die Leute reden ...« Dann hatte sie den Kopf geschüttelt. »Vergessen Sie, was ich gesagt habe, Oliver. Was mit Ed geschah, war ein Unfall. Es hatte nichts mit der Kommode oder dem Stereoskop oder sonstwas zu tun.«

Oliver hatte jedoch gewußt, daß Bonnie ihren eigenen Worten nicht ganz glaubte. Auch er hatte Zweifel.

Als er sich hingesetzt hatte, um den Artikel zu schreiben, hatte er sich jedoch entschieden, die Gerüchte zu ›vergessen‹, wie Bonnie ihn gebeten hatte.

Es hatte keinen Sinn, noch mehr Tratsch in Gang zu setzen, als es bisher schon gab.

Außerdem gab es keinen Beweis.

Keinen Beweis dafür, daß die Tragödien, von denen die McGuires und die Hartwicks, Martha Ward und Germaine Wagner und jetzt Ed Becker heimgesucht worden waren, irgendwie zusammenhingen.

Es gab keine und konnte keine Verbindung zwischen Rebeccas Verschwinden und Ed Beckers fast tödlichem Unfall geben. Dennoch blieben für Oliver Fragen offen. Aber trotz seiner eigenen Zweifel und obwohl ihm jedesmal das Herz schwer wurde, wenn er an Rebecca dachte, wäre es unverantwortlich, das Feuer der Spekulation noch stärker anzufachen. Es hatte keinen

Sinn, den Leuten noch mehr Angst zu bereiten, als sie bereits hatten.

Aber Oliver Metcalf hatte Angst. Er fürchtete sich fast zu Tode.

Als die tiefste Schwärze der Nacht durch die leeren Räume des kalten Gebäudes kroch, schlich die dunkle Gestalt ein weiteres Mal in die verborgene Kammer, in der ihre Schätze lagerten. Heute nacht verweilte sie nicht, denn es war bereits spät, und es gab noch viel zu erledigen. Die dunkle Gestalt nahm eine flache, längliche Schachtel vom obersten Fach des Regals, wischte die dicke Staubschicht davon ab und öffnete sie behutsam.

Mit Latex-Handschuhen nahm sie ein Objekt aus Schildpatt und Stahl aus der mit Samt ausgeschlagenen Schachtel und hielt es hoch, um es in dem Mondschein, der in die Kammer fiel, liebevoll zu betrachten.

Die Klinge funkelte. So hell, daß sie fast neu wirkte. Im schwachen Mondlicht konnte man das Blut, mit dem sie befleckt war, kaum sehen.

FORTSETZUNG FOLGT

Die Blackstone Chroniken

JOHN SAUL, Meister des Horrors, entführt den Leser in die amerikanische Kleinstadt Blackstone, in der das Böse geheimnisvolle Geschenke mit einer grauenhaften Vergangenheit verteilt – Geschenke, die ihre Empfänger ins Verderben stürzen werden ...

Die Blackstone Chroniken
erhalten Sie überall, wo es Bücher gibt!

BASTEI LÜBBE

Und für die ganz Neugierigen: Die **JOHN-SAUL-HOTLINE**
Telefon 0190 19 17 27 oder
Faxabruf 0190 19 27 27 0 (DeTeMedien, DM 1,20/Min.)